70后中国漢詩年选

吕煊 雪鹰／主编

南海出版公司
2019·海口

图书在版编目（CIP）数据

70后中国汉诗年选 / 吕煊, 雪鹰主编. -- 海口 : 南海出版公司, 2019.7

ISBN 978-7-5442-8223-9

Ⅰ. ①7... Ⅱ.①吕... ②雪... Ⅲ. ①诗集－中国－当代 Ⅳ. ①I227

中国版本图书馆CIP数据核字(2019)第085321号

70 HOU ZHONGGUO HANSHI NIANXUAN

70后中国汉诗年选

主　　编	吕　煊　　雪　鹰
责任编辑	庄秀颜
出版发行	南海出版公司　电话：（0898）66568508（出版）　65350227（发行）
社　　址	海南省海口市海秀中路51号星华大厦五楼　邮编：570206
电子信箱	nhpublishing@163.com
印　　刷	杭州万星印务有限公司
开　　本	710毫米×1000毫米　1/16
印　　张	14.25
字　　数	220千
版　　次	2019年7月第1版　2019年7月第1次印刷
书　　号	ISBN 978-7-5442-8223-9
定　　价	40.00元

咬咬牙，事情就做成了一半！

——《70后中国汉诗年选》序

○ 吕 煊

2018年，中国的经济继续前行，诗歌也开始向预期的方向挺进。

2018年，感谢命运之神让我认识了满身疲惫的雪鹰。这些年来，雪鹰兄一直为了诗歌事业奔波在现实与理想的抗争路上。这一次的相逢，让我从这位北方汉子身上读到了刚毅和坚强。我想，我的2018，应该为诗歌做点事情。在过去的20多年里，中国的诗坛空前的繁荣，可谓派系林立，各路群雄粉墨登场，诗坛上下分外妖娆。我一直置身于热闹的江湖之外，偶尔写诗，偶尔也发表一些诗作，最大的动静也不过是自费出了几本自己喜爱的个人诗集。

但我与诗人们之间的关系并没有完全隔绝，每年总会有这样一拨又一拨的诗人找到我。除了用心接待，一起喝酒，我不跟他们谈论诗歌。因为诗歌写作是一种非常个人化的修行，我始终认为，成为诗人之前必须是一个大写的人，然后才有诗。我喜欢与诗人交往，品读他们的为人之本，过了这一关的，我才开始阅读他们的诗歌。我朴素地认为，你的诗歌写得如何牛，那是你个人的事情，这个跟我没有多大关系，与我有关的是你的为人。

记得有一年，我从金华出发去山东，坐的是绿皮火车，车上的人很多，车厢里挤得只有"立锥"之地，我只能用一只脚支撑地板，来回换脚，最后坚持了8个多小时。车子过了南京才陆续有人下车，这个时候才可以两只脚着地，后来我慢慢地从火车的交接处移到了座位的边上，座位与座位相对的过道里还是站满了人。我背靠的座位上，原本三个人的位置已经挤着四个人，每个人的屁股一半是悬空的。这个时候，我发现在拥挤的位置上，一个小伙子手捧一本几乎看不到封面的书在念念有词。起初我没有在意，后来小伙子合上书本，我终于看清那是一本诗集——人民文学出版社出版的《草叶集》,一个叫惠特曼的美国人写的诗。我当时内心震动很大,居然还有人在如此拥挤的车厢里悠闲地读诗。我多看了这个少年几眼,少年也回望了我一眼,于是我们开始说上话,到后来我们挤到一块,他还让出他的位置让我坐了一会。时隔多年,我已经忘记当时我们讨论了什么话题,但这件事一直留在我的脑海里。诗歌还是有其独特魅力的,可以说是有超强生命力的。

编诗选是一件吃力不讨好的事情。从年龄上来看,我已经到了不需要靠名谋生的边缘;从经济收入上来看,做这个事情不但赚不到钱,还注定是一个亏本的买卖。做还是不做,我犹豫了一段时间,最后还是决定做。一切的动力,皆缘于对诗歌的一份热爱。

在雪鹰兄的张罗下,我们迅速组建了一支30余人的全国诗歌推选编委队伍。但如何选如何编?又是一道横在我们面前的坎。纵观目前国内品种繁多的各类年选,除了极少数是有稿费的,大部分都只是送入选作者一册样书,还有一些年选是需要作者出钱购买书的。有些年选是一些所谓诗歌刊物的后花园,在群舞之后觉得还不过瘾,又长又臭的裹脚布又再飞舞一次,还是那些熟悉的老面孔。作品鲜有新意和生机,一些优秀的民间作品因为人为的原因没有入选。对此种种,诸多诗人已见怪不怪。但我想,既然要做,就不能同流合污,至少同流不合污。一些诗坛油子的作品应该加以拒绝,应该给那些默默无闻的诗写者一次发表的机会。意想不到的是,我的初心得到了众多编委的支持。当然,这也给编选工作提出了新的要求。于是,在完成组稿之后,我又秘密找了3位诗人,对拟入选的作品再次进行盲选。这是一次没有人情干扰的真正"厮杀"和选拔。结果是令人满意的,一些我们认为仅有名气没有文本质量的作品落选了。我这样做的理由,是想对曾经腐朽的昨天一个忠告。我知道,我的努力或许只是大海里的一朵浪花,没有灿烂就已经被大海淹没,但我无悔,有些事,咬咬牙就做成了一半。

最后,这个集子的优劣就留给读者来评判吧。

但愿,时间不是没有分量的!

2019年1月28日于杭州良渚闻古斋

目录

阿　剑

秋分日，山间听雨

雨脚细密，山林渐有孤意
席间有酒醉的人、嬉戏的人、痛哭的人
檐下看雨的那个
双手素白
空中打捞不起一点草木的气息

秋天还年轻
青衫略薄凉
屋舍旧朴，桌椅是黝黑老派的嘴脸，雨云
咳嗽含糊，而后渐无声息
壁上字画俱南方气息
而我有多久未见年轻安静的脸了

多久未在雨中，骑单车、散步、发呆
黑发上绽放朵朵小水花
已逝的女孩，远去的孩子，爱人
你可知那条风雨飘摇的路
淌着旧时雨水，枯槁的手挥之不去

你若即时，你若离去
便天高水长
雨落江湖

很久未遇见那种古老简单的雨了
我便端坐于
一颗剔透的雨滴中
做你年老悔恨的孤王

阿剑，原名孙剑，若干作品发表于期刊，曾获中国散文学会颁发的奖项。

阿 翔

将进酒计划

大街上的海，自主于我们的身边，
因周围的酩酊而稍显真实。

嗜酒的振荡声不绝于耳，
灌木丛偏颇的奥秘，仿佛混淆了斩获。

松开生活的绳索，如果我说到了醉，
你就知道木椅的位置越过了界线。

这意味着缄默，并不足以化解寓言，
更大的场面配合着浮沉的谈论。

时间滑向了一边。你得费点神，
这一次，寄怀落实于恍惚的遥迢。

木头面具隐喻虚假，让遭谪贬的酒杯配上兽纹，
就像鬼斧适应神工。

你听见的汹涌，衬托出另一面的轻佻，
我重新确立自己与大海的关系。

必要时，追溯到御用广场的责任，
铁匠在夜晚的敲打中变得可疑。

但我们的确不缺少更多的真相，
哪怕惊人的狂欢，礼物从来不迟到。

不同于一般宴会，它收缩我们的心脏，
犹如海水围拢，我们的鬼魂全部复活。

阿翔，安徽当涂人，著有《少年诗》《一切流逝完好如初》《一首诗的战果》等诗集。现居深圳。

艾 子

车过德令哈

这个被无数诗人朗诵过的地方
它用风化的手
拔掉了海北的油菜花、薰衣草和青稞
把海西以西的肩膀
刀砍斧劈,露出后羿的肌肉
把更西处的盐碱地
撒满白花花的氯化钠和荒凉

被青海湖忽略的德令哈
大面积的丘陵
只长骆驼草和沙柳
刺眼的阳光正在试图画下一片云的阴影
一阵沙尘裹挟着风,灰尘烟雾弥漫
比海子美丽的姐姐更婀娜
今天的海子不关心人类
只遥望德令哈

前方是戈壁滩饮马峡
夕阳正好打在它的苍茫上
似乎将被干燥点燃
陈波给我递来红景天茶
细致入微的、温热的体贴
在海拔三千米的高原上
一壶似曾相识的热水
荡满旅人的细胞

艾子,海南省作家协会副主席,海南大学兼职导师,著有《异性村庄》等4部作品。

白瀚水

白发辞

身后的太阳越来越淡
像是风筝
我生出白发了,四十岁的面庞
在水流中依然很薄
一只鸟衔起我的影子
一只山羊跨过它
天空仿佛低了许多
天空被世间万物
分割成不同的弧线和三角
一些离我很近
像妻子在耳边悄悄说话
另一些很远,像路过的云彩
心里的河平静无波
有一条船漂过来
它代表的生命和舞蹈,在纸的背面
形似海棠、胡杨、峡谷
翻开夜晚的低音,未眠的少年骑马归来
另一夜,女儿支着额头在灯下读书
虚空像纸上的梦境
江山缠绕着年轮,每一朵花都从前世中来

白瀚水,原名张俊,曾获诗刊社主办的第一届“恋恋西塘”诗歌大赛一等奖、《星星诗刊》主办的第一届“锦绣邻水”全国散文诗大赛一等奖、2018年南昌谷雨诗会一等奖。现居大连。

白　玛

夜晚

在蒙面人唐突的造访中，夜晚有些走形、有些吝啬
声音和面容被藏起，身份被藏起
小偷和电线杆、要债鬼和负心郎，被夜晚包庇
另外一些属于寂静　只好安排它们各怀心事
安排它们迅速入眠
在无人的小旅馆里，我却异常清醒地梦见噩梦
在黑暗里吞吃胡桃
在黑暗里一遍遍回忆穿墙术
一棵植物在角落注视身上的陈旧性伤害
一只手试图占有灯绳
你瞧，这已不像白天形迹诡异的我
夜晚总会有些夸张
让我一会儿像淑女，一会儿像带着蛇的杂耍艺人

白玛，女，出生于山东，1988年开始发表诗歌和小说，1993年加入江苏省作家协会。组诗《你无处不在》入选2007年3月《人民文学》诗歌专号，曾服兵役，曾获中国诗歌探索奖。

班琳丽

情人

我把大地视为永久而深爱的情人
我将在最后一刻爱上他
以烈火的模样，以身相许

在这之前，我慢慢走我的路
用足百年的每一个日子
为奔向他
以时光塑我百变的形貌

从任性高冷的短发
到谦卑而虔诚的梨花烫
一年年，我顶着麦子生长、赶路

古老而金黄的泥土、粮食与罂粟
一年一熟
红河水日夜起伏
我是我的风暴，也是水手

我有隐秘的诱惑
崖壁有奇树，于是筑巢，养鹰
神的鹰，口衔神谕
他将主持我最后的婚礼

不急啊，我刚走过穿亚麻裙戴孔雀珰的中午
日子偶尔寂寞
我偶尔听它叮当作响
应答远处爱的呼唤

班琳丽，笔名班若，河南商丘人，中国作家协会会员，中国诗歌学会会员。

丙　方

羊草山的雪

雪，是这里的霸主
它牢牢地占据了整个山头
和山头之外的领地
它用一种最简单的颜色统治了所有
以最柔软的躯体悄无声息地
包围了最坚硬的岩石、最无序的荆棘
它填补了每一道沟坎，覆盖了每一处锋芒
它使山涧不忍说话，让花草停止了炫耀

没有不臣服的，包括路过的行人
当你一一经历了它的厚度
当你穿过所有的萧瑟和艰辛
当你抵达山顶的空旷和苍茫
你以为是你征服了它？
可是，瞧瞧吧——
你的身上、面罩上、露在外面的头发上
哪怕是睫毛上、唇边的绒毛上
都已经白了

羊草山的雪啊，不用说话
轻轻地就占领了你的身体

丙方，本名吴勇霞，女，浙江省作家协会会员，浙江省作协“新荷计划青年作家人才库”人才。作品散见于《青年文学》《作家》《诗探索》《扬子江诗刊》等文学期刊，曾获丽水市文学大赛小说金奖、诗歌银奖等多个奖项，有作品入选年度选本。现居丽水，供职于丽水莲都区文联。

蔡赞生

只要你还经过

不是所有的注视都有因由
害怕冷落的苍柏，偏偏被无视
一切透里知底、平整疏松
我抚摸一茬茬枝节
或许你放弃了
树脂夺眶而出
这流动的油质，独立于身体之外
是哪一方境况使我如此萎缩
是哪一处错误使我永远孤独

有那么多星星在身上散落
与石刻的思考同步
身旁一株铁树，每一片坚挺直刺
末梢一道流光，借得精妙的风
轻轻外翻。有一两分钟我真的忘记
渴望被注视的植物不真实
双脚站立多年
多少有一点儿树根才知道的酸痛

当我转身
你在哪里？直到鸟儿从扭曲的树上惊飞
一道灰蒙蒙的深涧
年年用草木枯荣守住
只要你还经过

蔡赞生，广东陆丰人，广东省作家协会会员，中国诗歌学会会员，广东省汕尾市诗歌学会副会长。在《星星诗刊》《诗选刊》《绿风》等数十家报刊上发表诗歌、散文、评论、通讯等1000多篇（首），出版诗集《一生的神》《指尖上的诗》。

曹立光

全村的门都是敞开的

太阳的影子,被他在杨树底下
拨弄来,拨弄去
他干枯分叉的头发上
趴着一只君临天下的蚂蚱
它天线晃动,喜悦悄生
他想给远方的城市打个电话
告诉打工的爸爸妈妈
奶奶昨天又掉了一颗牙
家中的老狗
说死就死了
鸭子把鸭蛋下在邻居家的鸡窝里了
邻居家的门没有上锁
全村的门都是敞开的
可是
出去的人都没有回来

曹立光,笔名荒原狼,中国作家协会会员,鲁迅文学院第二十九届高研班学员,黑龙江省作家协会签约作家。曾参加《诗刊》青春诗会,著有诗集《北纬47°》《山葡萄熟了》。

辰 水

另一种光

冬月,母亲为一根无法点燃的火柴哭过
童年的雪
比人到中年的现在,厚了许多
在积雪里,摸索一盒火柴
这种寻找光源的动作,重复一生

顺着窗棂的缝隙,射入了一线光
雪地里反射的光
带来寒冷与孤寂
我为即将升起的一轮红日而祈祷
它用一种光来消灭另一种光

为了追赶那些逃跑的光,我劈开一根根木柴
挖到一颗颗腐朽的心
这些轻易化为齑粉的物体
像一个个失去眼睛的父亲
只有光是新的
在一场即将到来的大雪里
我仿佛看到了属于自己的另一种光
藏在复杂的雪花里……

辰水,男,山东兰陵人,中国作家协会会员,曾参加诗刊社第三十二届青春诗会,曾获第三届中国红高粱诗歌奖、首届山东文学奖,著有诗集《辰水诗选》《生死阅读》。

陈　仓

天堂在隔壁

那面白墙隔音不错
我大声喧哗都没有反应
有一天想借一把工具
修理一盏熄灭的灯
我敲了敲，门没有开

我早出晚归，从前边经过
我多想从裂缝中或者漏洞里
看看隔壁都住着谁
是一种什么样的装饰和布局
有没有我走失的亲人
和被放飞的鸽子

但是缝隙太低、漏洞太高
十几年了，直到那天黄昏
黑暗即将把我淹没的时候
终于传来吱哼一声
我还没来得及靠近
那缝隙就在我的眼皮底下
又砰的一声关闭了

我以为隔壁是空的
或者不食人间烟火
但是经常在公共通道上
发现摆着空瓶子、包装盒
还有枯干的玫瑰花和腐烂的气息
这都是有人活着的证据

陈仓，代表作有诗集《诗上海》《艾的门》和8本陈仓进城系列小说集，以及长篇文学四书——《后土寺》《地下三尺》《预言家》《醒神》。曾获中国红高粱诗歌奖、都市小说双年奖、《小说选刊》双年奖、陕西青年文学奖、冰心散文奖、中国作家出版集团优秀作家贡献奖。

陈代云

雪花在大地上书写诗行

深夜,雪花在大地上书写诗行
用她的白,用颤抖的手
她先把房顶涂白
把萧索的树木涂白
把裸露的土地涂白

她又如此精心地把菜园的栅栏涂白
把厨房里母亲的剩饭涂白
把睡梦中的猫猫狗狗涂白
最后,她才把夜色涂白
把我的头发涂白
把即将远行的脚步也涂白

清晨,在一片白色的山河中
一个叫春天的东西长出来
而我嫩绿的脚步,像藤蔓,伸向远方

陈代云,男,大学教师,著有诗集《小作品》。

陈 丹

潜伏

他在水边安营扎寨、伐木、造船
说着鸟的暗语,林间流出的虚实之计
密谋一场辉煌的庆典

远处,流水的铠甲闪着银光,清风收拢双翼原地待命
他把锐角取出,一遍遍擦拭
就像抚慰一枚至高无上的勋章

乌云和黑夜是最好的战机,眼睛和耳朵
寻找着最准确的方位,或者等待,无关生死
当波浪的鼓点急促敲响,他的小船便如箭射到对岸

他眸中赤红,闪着血性,如猛虎,逐鹿,横冲
直到锐角的寒光熄灭,在他流尽最后一滴血后
一首曲子歌唱着,死亡或者重生

早已和界限无关,当你再次临风而立
隐匿于旗帜上的风,正在凛冽着
属于黑夜的重重杀机

陈丹,江西省上饶市作家协会会员,热爱文学,作品偶有发表。

陈　亮

木头

父亲每每伐掉一棵树
都会用斧头仔细削去枝杈
然后竖立在墙角阴干

新鲜的木头
会散出极浓烈的香味
甚至在深夜里
还发出咯咯的响动
让我以为它们会逃跑

慢慢地,它们消停下来
直至变成一根彻底沉默的愚木

父亲走后的一个冬天
因为空落和寒冷
我开始用这些木头取暖

当我把它们劈开
扔进炉膛
这些木头竟吱吱喊叫着
涌出热泪,并把它们
浓烈的香味迅速充满屋子

仿佛在告诉我
这么多年,它们并没有死去

陈亮,山东胶州人,中国作家协会全委会委员,山东省作家协会诗歌委员会副主任。曾获华文青年诗人奖、李叔同诗歌奖、"中国十大农民诗人"称号等,曾参加诗刊社第三十届青春诗会,著有诗集2部。现漂居北京。

陈荣来

大雪

大雪一到，与水有关的事物
仿佛都是静止的
日子，裸露出冰冻的样子

明知道，伺机啄食的山雀
就潜伏在房前屋后
遵循传统习俗
我还是把腊肉高高挂上了屋檐

电视里，冷空气滚动着播放
天空已经低下来了
风中的碎片，簌簌有声

窗户的视线
愈加辽阔
野外有人行走
有人正在叩击柴门

陈荣来，安徽无为县人，安徽省作家协会会员，中国诗歌学会会员。作品散见于《诗刊》《诗歌月刊》等百余种报刊，有作品入选《中国百年诗人新诗精选》等多种选本，著有诗集《在地平线上燃烧》，获奖若干。

陈星光

春风引

读曾国藩累了，就读几行杜甫的诗句，
我还是过着陈星光的日子。
风把烟圈吹向走廊，
有一点点冷，又有一点点暖，恰似春的手臂。
一壶茶里有中年金黄的沉郁，
伸一个懒腰，宛若情不自禁的一声叹息。
握住笔端的手兀自微微颤抖，
苍茫人世，我又能写出几句？
故乡的竹林想必又孕育出了许多孩子，
我的母亲一人在家独居。
祖国太大了，我在它的一角踽踽独行，
翻了几本闲书。
有人习惯地说着自己也不相信的谎言，
有人捋起袖子，有人醉生梦死，
都在一去不复返的日子里。
明天接踵而至，像一群白鹤扑扇着羽翅。
不问功名，浮云苍狗，
友人来信，不敢问未来归于何处。

陈星光，浙江永康人，中国作家协会会员。主要作品有诗集《月光走动》《浮生》，诗作散见于《诗刊》《青年文学》《诗江南》《中国诗人》《诗选刊》《星星诗刊》《诗歌月刊》《江南》《文学报》等，并被收入《当代短诗三百首》《年度最佳诗歌》等10余种选集。

陈修平

我理解他们的不解

我理解他们
问题疫苗刷爆朋友圈
他们不安
他们愤懑
而除了发朋友圈
他们没有其他方式
喷发心中的怒火

我理解他们
谁家没有孩子
谁没注射过疫苗
那些问题疫苗，天知道
曾经注入了谁的身体

我理解他们的不解
“百白破”造假
岂能罚款了事
如果不仅仅是罚款
那问题狂犬疫苗还会接着出吗
究竟还有多少问题疫苗
尚未发现、尚未披露出来

我无法理解无良企业的残忍
既然攫取金钱的路已经打通
为何还要昧着良心上路
他们没有亲人需要注射疫苗吗

陈修平，江西九江人，作品散见于《诗刊》《小说选刊》《散文》《散文选刊》等报刊，入编多个全国性选集。

陈鱼观

给月光取一个名字

一张白纸如早晨般徐徐展开，
我用酒浆在上面作画，一杯接一杯，
不放过任何一处空隙，染黑的路等待她的情人。
酒杯碰在一起，我站到黑色中间，
亘古誓言被同化，秋天成了一条迷失的船。
沉溺于黑色，秋天归于同一种黑，
如此卑微而又自信地黑着……
我登上这艘船，用一个白天收集所有的黑，
将白纸染成黑色，让黑色更黑，
写进她黑色的箴言。
无力偿还的约定藏在秋天深处，
人类每一次的窥视都将戳痛蜷缩的记忆。
我读不懂黑色的距离，以舔舐的方式侵入她的领地。
神秘文字从蚀破的纸背溢出，
像出浴少女披散的银发，
我要给她取一个好听的名字——月光！

陈鱼观，浙江乐清人，著有文化地理随笔集《雁荡归欤》、新诗集《台风眼》。

陈忠村

指纹缝隙中的痛声

费劲地丈量这枚指纹缝隙中的宽度
密可不让风闯过，疏可让蓝天布满星云
这是用力按上去的，纸疼痛得落泪
名字在下面哭啼，竖直的笔画在萎缩

这是年前的天，不算太寒冷
他要走了，音讯是晴空中雪花的缺席

钥匙在门上，锁的温度正在消失
能配上这风的气质肯定是你的身影
整个节日的欢乐与你无关
冷，真冷
伤害是肯定的，疼痛的呻吟却出奇的静

水在河面上打坐，夜在扩大
泪在眼里来回碰撞那已经成碎片的月光

一滴泪水在逃亡，藏在指纹的缝隙中绝食
夜是黑的，流过血的疤痕也是黑的……

陈忠村，原名陈忠强，美学博士、美术学博士后，中国作家协会、中国美术家协会会员，曾参加诗刊社第二十七届青春诗会，有3首诗歌入选《大学语文》等。

谌贵芳

落叶

枫叶流丹,落叶满地
左边是落叶,右边是叹息

春赏百花秋赏叶
在一片片落叶里,我看见时光在铺展
泛着岁月的金黄
飘落意味着重生,结束也是开始

满地落叶,是树木呈现给大地的一阕阕诗行
一枚枚落叶,也是一句句箴言
凛冽的西风里,它正翕张着飞翔的翅膀

落叶,就是另一个春天
点亮一个人眺望远方的眼睛
远方,骨头里也能开出明亮的花朵

在岁月的枝头
我们也要如落叶一样
从容不迫地生
情深意长地死

谌贵芳,江西宜春人,现居上海。作品散见于《诗探索》《中国诗人》《上海诗人》《散文诗世界》《文学报》等报刊,曾多次在上海市民文化节市民写作大赛、上海朗诵艺术节诗歌征文等比赛中获奖,著有诗集《夏天开始的地方》。

重庆子衣

一双冷静的眼睛

正面是阳光，背面是黑暗
来路是坡道，去路是礁石
一双冷静的眼睛，早已容纳半生的风云
谎言和欺诈，平坦与弯曲
幸福和痛苦，贫穷与富裕
这个世界，那么丰富的色彩
都在涂抹生活之锦
而你，看见了风雨
也看见了彩虹过后的明丽
无须再细细描绘
冷与暖在你心上雕刻而成的图景
也不必再陈述
欢乐与痛苦织就的生命彩绘
一双明智的眼睛，早已看穿黑红蓝紫间
依序变化的规律
而你，只需以宁静而辽阔的心
去调色，去写生

重庆子衣，女，本名何春先，重庆江津人，现居重庆璧山。有诗作发表于《诗刊》《星星诗刊》《诗潮》等全国各级刊物，有诗作在全国诗赛中获奖，已出版个人诗集《成熟的暗香》《子衣诗选》《爱与火焰》，以及诗歌合集《北纬29度的芳华》《花树芬芳》等，曾主编多部图书。

德　西

今夜次第燃灯

一盏两盏三盏
十盏百盏千盏
无数盏酥油灯在每个救赎的指尖点燃
划亮每一个黑暗的角落
无数涅槃的灵魂
在梵音拂过的火苗上起舞
粒粒尘埃在光线上起落

今夜有人捻着佛珠虔诚地祈祷
今夜出生的婴儿的啼哭划过寂静
今夜罪恶丑陋的勾当依旧上演
无数的酥油灯在摇曳中
盛开成千万朵美丽的莲花
绽放在俗尘之巅

摇着经筒的老人
嘴里嘀咕着严寒将至
而我只想匍匐在大地的怀里
试图倾听春的脚步声
和那次第花开的声音

德西，本名陈跃军，西藏作家协会会员，中国金融作家协会会员，现于中国人民银行昌都市中心支行工作。其诗歌、散文作品散见于《格桑花开》《藏人文化网》《若昕文学》《雪域莺歌》《悦听康巴》《西藏诗歌》等刊物和网络媒体，有作品入选《康巴作家群书》《世纪诗典》《印象青春》《中国青年新秀作家》等书。如果说舞蹈是肢体语言，那么诗歌是心灵的舞蹈，而她就是为两者愿用生命起舞的康巴女人。

丁显涛

被手指抠下的夕阳

八十多岁的奶奶
坐在大门口的矮墙上
坐成一截干枯的树桩

一缕山风偷跑过来
摸一摸她已经花白的头发
没留下一句话

如今的她
不用洗衣做饭了
不用和鸡鸭鹅狗唠嗑了
也不用听那死鬼老头子晚上咬牙说梦话了

每天唯一做的事儿
就是安静地坐在矮墙上
等太阳

然后再用手指从裤脚上
慢慢抠下
同样慢慢滑落的夕阳

丁显涛，小学教师，辽宁省作家协会会员。有作品在《诗潮》《绿风》《满族文学》《辽河》《辽宁诗界》《辽宁日报》《辽沈晚报》等数十家报刊发表，作品入选多部诗歌选本。

董迎春

时间之书

就像此刻的夜雨
我的孤独并排而降
植入尘埃
飘过灯芯深处，叙述人世

雨并无缝隙，八月回家
十二点的街道
三个陌生身影，跌入盒中
地面上布满笑声

董迎春，男，广西民族大学文学院教授、博士生导师，主要从事中西诗歌比较、当代西方文论、电影美学研究等。

杜学华

请在天亮前磨好刀子

请在天亮前磨好刀子
别让那只未断乳的羔羊看见
今天
有人要宰杀它的妈妈
而它的眼睛
那双世上最美丽的眼睛
除了流淌温柔
还流淌慈悲

请不要让它看见
妈妈抽搐着倒地的样子
否则
它的眼里
会流淌出毒药

杜学华,宁夏平罗人,诗歌作品散见于《青海湖》《朔方》《光明日报》等报刊。

朵 而

冷 冬

风铃小声摇响自己
雨接踵而来
它落下的样子像极一种悲切
小小的，挤在一起

那些紧紧护住忧伤的尘埃
为了不让风掠夺
正在掩埋
自己

朵而，上海市作家协会会员，作品散见于各大报刊，多次入选年度作品选本，著有诗集《黑琴键》，曾在上海国际诗歌节大赛中获奖。

朵　渔

雪意与满盈

天空在下雪，很小的雪粒
你脸上的微笑像瓷器上的光
心里也是满盈的
雪粒像你的舞伴

从酒馆出来，雪已铺满一地
我们还要沿着这条积雪的小路
走过一段距离
才能回到我们的家

在温暖的灯光亮起之前，我们都很感激
这短暂的距离，让嘴唇缄默
只在内心歌唱。小巷里
一个男人冒着雪往家赶

昏昧的路灯照着他
像一头温和的兽
我们都很熟悉这种疲惫
在长长的、被情感啃噬的岁月里

朵渔，出生于山东，1990年入读北京师范大学大中文系，后在天津一家杂志社工作10年。2003年离开单位，其后10余年一直独立写作。其间，曾为多家报刊写作专栏，参与过网站的策划与主持，编过民刊。最近两年，重新出来工作，做过出版策划与管理、开过个人出版工作室及组织过诗歌公益活动等。

范小雅

春天

他在楼下等人，灰夹克
春天的风穿过门洞
将他的衣服鼓起
他旁边，年轻的玉兰树洒下影子

女孩站在窗口，探出脑袋
她看着那些光线环绕着楼下的人
她看着春天里
那人与她遥遥相对

已经好多年了
那风
那玉兰树
那上午

范小雅，湖北云梦县人，中国作家协会会员，湖北省作家协会签约作家，湖北省孝感市作家协会副主席，作品发表于《人民文学》《诗刊》等。

方从飞

消失的白

月白，芦花白
蚌珠、香鱼、小碎银的白
焚身自证清白，蛎灰之白

我要摁住
明矾、白釉、白药的白
不白来人间一遭

煮酒、抚琴、赋诗，学白云
半日农耕，半日休闲
做自己的河流

学白藕，沉泥埋名
知己远道而来，江帆之白

让白茫茫的一生，成为黑的圆满

方从飞，男，浙江三门人，曾先后在《浙江作家》《星星诗刊》《江南诗》《中国诗人》《星河》《西湖》《品·浙江诗人》《岁月》等刊物上发表作品。

风　儿

哭丧

父亲用过的碗
在火堆里发出炸裂的声响
火焰烧得更旺了
隔壁有老妇哭丧
她的南方腔抑扬顿挫
那一天,母亲站立
目光穿越旷野和远处的青山
第一次从另一个女人
听不懂的哭诉中
感受彻骨的悲凉
风带来一阵又一阵的冷雨
母亲的脸,在跳跃的火焰中
变得模糊

卢丽娟,笔名风儿、闲人风儿,《安徽诗人》编辑,诗歌微平台编辑,芜湖诗院创办人,《风》诗刊策划兼编辑,曾出版诗集。

耿红丽

躬耕，是最好的回答

来，取一亩薄田赋予我的余生吧！
寸草可借着胆子在春天复生，
蚱蜢们尽管练习跳跃，像小弹丸般把时间弹出很远。
我穿了粗布的衣衫隐于其间，
有人唤时，我并不抬头，
声音只是从蓖麻的香气中传出。
顺便种些鱼腥草，它们最能治愈人间多余的赞美。
露水从清晨的祷告中出来，一切的虫鸣新鲜而饱满。
直到冬天，土地上万物尽失，
这亩薄田，依然有着我喜欢的荒凉。

耿红丽，山西灵石人，著有诗集《红桦树》。

耿静波

身体是一封梦的信笺

把羽绒折成方块，把方块打开缺口
这个崇高的仪式每个夜晚必然重复
我的周身写满密码
鱼游进信封，祈祷一条河流经额头

一本书，给密码再度加密
一行诗，给走动的楼梯上锁
夜，晃动个人的沉默
忘记收信人，忘记地址

白天的马匹解开缰绳，游走，也可以快跑
我不介意肉身像草地一样承受践踏
仪式终要在鼓乐中开场
你此刻正在流浪的海面打捞黄昏
叫作邂逅的解读
一定要压低声音，一定要记得在回信时
盖上一枚黑色的邮戳

耿静波，内蒙古作家协会会员，记者，“钢铁城”诗社秘书长。现供职于包钢新闻中心。

宫白云

那些黑暗中的友谊

像造物的闪光，通向内心
我们在那里会合
有时父母祖先，有时花鸟鱼虫
有时菩萨，有时哲人
我们满足于停留在我们中间的光阴
那些星辰的低语，隐藏的玄机——
隐隐约约感觉到它
在亲切的空气里，我们不由自主地笑
这黑暗中的友谊
漫长岁月中，没有什么比这更好的
"如果我们居于闪光中
它便是永恒的心脏"

宫白云，女，曾获2013年《诗选刊》中国年度先锋诗歌奖、第四届中国当代诗歌奖(2015—2016年)批评奖、第三届《山东诗人》(2017年)杰出诗人奖，著有诗集《黑白纪》和评论集《宫白云诗歌评论选》《归仓三卷》。现居辽宁丹东。

龚　杰

遁入佛门

尘世的风
吹得人弱不禁风
最好遁入佛门
做一个僧尼

吃斋食
夹草、花、果下饭
不养口舌，只养身心
穿素衣
披树皮野藤入睡
不让铜臭味入梦

在佛门里
没有风
就不怕吹起杂念
敲木鱼
敲一敲，敲碎名缰利锁
用口念经，用心谱曲
总能听到天籁之音

龚杰，男，江西省作家协会会员，新余市作家协会副秘书长，《后花园诗刊》副主编。曾发表散文、小说、诗歌、杂文等100多万字，作品散见于《江西日报》《新余日报》《新余文学》等报刊，出版散文集《秋雨敲心窗》，曾获2016年首届“后花园杯”新余市新农村诗歌大奖赛征文一等奖，有作品入选《2017江西诗歌年选》。

巩本勇

置身

一条小溪，缓慢流淌
生出错觉，分不清是暗还是光

又是一年八月
各种虫子不停地叫着，互相打杀

那些所谓假象，有利修为
有人走心，你却紧闭心门
勾眉画角，去换一身伤痕
在暮色里温良慈悲

听溪水的流动声
芦苇荡接近了风的嘴唇
即便是野花野草，也有它的骨

巩本勇，笔名奔涌，山东桓台县人，中国作家协会会员，著有诗集《秋日红莲湖》《戏马台》《原色地》，散文集《祖坟》《马踏湖观止》，长篇小说《苍生谣》《红铁门》，主编《当代诗歌精品赏析》《风从南海来》等多种诗歌、散文作品集。

孤 城

旧友

在古镇，天际线也是怀旧的走势
惹人想起旧友
譬如飞檐挑起的空寂
粉墙黛瓦的心情
即便我再从这石拱桥上走回去
你也不会出现的喟叹

旧友是愿意随你去旷野里苦守寒风的人
只为相聚
旧友在记忆的衣柜里，有纯棉的质地

旧友往往和遗忘叠在一起
叫人幡然醒悟时，心生愧疚
允许迷路
允许迷路后去看望一个永远三十一岁的旧友
没有比永逝埋得更深的伤痛

万物在旋转中生长，月季花今年已经开到第三遍
旧友有的晃动新花的外形——
自己凋谢在自己的身体里面，叫人徒生怅然
有的
还在眼前

孤城，原名赵业胜，安徽无为人，中国作家协会会员，中国作家协会中国诗歌网编辑部主任，曾出版诗集《孤城诗选》。现居北京。

广 子

让牧场眩晕的不是风

傍晚在旋转
让牧场感到眩晕的不是风
而是风力发电机
比公牛多一只犄角
只要轻轻转动
就可以把落日挑下山岗
据说这些怪物
不仅折断过盘羊的头，还曾绞死大片乌云
挨饿的鹰躲开了它的风轮
但没躲开它的旋转
为此，一向温顺的羊群
开辟出新的地盘
好像是为了我们低头吃草
直到我们弯腰的姿势
练得比羊更优美和谦逊
对穿透大地神经的刺
失去知觉，对野蛮习以为常
只会挥舞双臂，大呼小叫
越来越像一排排肉体的风力发电机
而风轮静止，草地仍充满眩晕感
整个牧场仍是一只巨大的风轮
傍晚仍在不停地旋转

广子，本名郭广泉，内蒙古人，曾出版诗集《往事书》等。

郭建强

寂静

唯有寂静发出时间的声响——
唯有寂静显示星宇的颜色——

鲜花滋滋挤干水分成为符号
麋鹿的足迹在泥沼钤印
你看到的、听到的、想到的
都在成为一个个寂静的字母
印版上的方块字等待着墨上色
“亿万本书被大风吹得飘摇不定,
也是寂静的——图书馆的哑子们合唱。”

而他们是摁在地球仪上的手
是划定行政区的手、决定梦境的手
他们的手编纂字典
而你的声音被净化成笔画
他们警觉地转动耳轮
热带丛林的大型蝴蝶
必须以死的寂静,成为美的标本

唯有寂静创作历史的交响——
唯有寂静保持天堂的形状——

郭建强,青海省作家协会副主席,西宁市作家协会主席,《青海法制报》副总编辑,著有诗集《穿过》《植物园之诗》《昆仑书》等。有作品荣获青海省第六届文学艺术创作奖、第二届中华优秀出版物奖、2015中国桃花潭国际诗歌艺术节新锐诗人奖、《人民文学》2015年度诗歌奖、2017年《文学港》储吉旺优秀奖等奖项。现居青海西宁。

郭 静

多年以后

多少风，吹没了泪水与虚幻
血管里马蹄隐没，大地上百草凋敝
多年以后
我们彼此指责，互不避让
臃肿的肉体成为欲望的灯塔
大地疲倦了——
在荒芜的睡梦中
那些虫豸、鸟兽，走投无路
那些庄稼、五谷，丢弃了姓氏
自封为人者，忘记了羞耻
无家可归者，放下了尊严
河水凝滞，高山坍塌，星光黯淡
多年以后，梦魇冰冷
昔日的富豪沦为乞丐
悔悟的盗贼，反目的情人
屠夫与恶棍，疯子或绅士……
这些人，远道而来
他们嘘寒问暖，带着烟火与灰尘
在未知的世界碰面——
像一杯水荡开了最初的涟漪

郭静，宁夏隆德人，在《朔方》《草原》《诗潮》《中西诗歌》《星星诗刊》等多种刊物发表诗歌，出版诗集《侧面》《归零》。

郭晓琦

一盏马灯穿过漆黑的夜

漆黑、黏稠的夏夜，一盏灯摇晃——

我猜想，那是一盏祖传的铜马灯
擦得干净、锃亮
指甲花一样大小的光芒，摇摇晃晃

静寂的夜，也被弄得摇摇晃晃——
是一个挨了耳光赌气出门的孩子
还是一对抗婚趁着夜色私奔的乡村恋人？
是在护送临产的孕妇赶往镇子上的卫生院
还是接一个在外打工的亡灵回家？

哦，一盏马灯——
一盏开着指甲花那么大一点光芒的马灯
温暖的、坚强的马灯
让乡村一寸一寸冰凉下来的夜，摇摇晃晃——

郭晓琦，出生于甘肃镇远，现居兰州。

海饼干

婚姻

神俯下身，你嗅到了自己的气味
但你仍对着高处祈祷
教堂点亮柔和的光，蜡烛在人们手中自然生长
仿佛神圣的事物正进入他们
你看见：分居多年的妻子
坐在死者面前，人们在她脸上涂抹哀伤
谁也看不清
她戴黑纱的脸，但眉头间深锁的结散开
她盯着
丈夫合上的眼睛——
那么陌生
她长长吐出一口气，拿起一块白布
仿佛一个胜利者，再次将婚姻
拴在腰上

海饼干，本名孙艳萍，安徽省作家协会会员，有诗歌发表于《诗歌月刊》《中国诗歌》《诗潮》《扬子江诗刊》等刊物。现居马鞍山。

海 湄

关于父亲

用记忆复原父亲温和的面容很困难
因为困难，父亲就成了墓碑上照片的样子
浓密的头发，高鼻梁，大眼睛
白色的衬衣领子，翻在枣红色的毛衣外面
他用微笑的模样
对着一切

父亲就用这个样子
在我脑海里活着
也用这个样子，牵着我的手
没有谁比我更知道他手上的温度
但只是在倏忽之间，他就变得冰凉冰凉的
因为他的凉，我哭泣的时间
被定格在童年

海湄，女，曾被评为2016年诗网络年度中国诗歌人物，曾获2016年《扬子江诗刊》全国女子诗歌大赛主奖，诗歌散见于多种报刊，著有诗集《红痣》。现居海南。

韩玉光

神圣的喜剧

意大利人但丁
五岁时母亲贝拉去世
十八岁时父亲阿利盖里病故
三十五岁时离开佛罗伦萨
五十六岁时客死他乡
……
对不起,我又想起了我的父亲
他也死于五十六岁
至今下落不明
但我知道但丁·阿利吉耶里
去了哪儿
他喜欢一个人
数天上的星辰
——地狱,4720行
——炼狱,4755行
——天堂,4758行
天堂比炼狱多了三行,很多人的一生
就活在这三行之中
我刚刚将它翻译成:你、我、他
对不起
可能弄错了,但丁的原话是:
"我从前是人,现在不是人了……"
"我是一个诗人……"
我错了
我赶紧模仿他说:"请你快来救我,不问你是什么,一个影子也好,一个真人也好。"

韩玉光,男,中国作家协会会员,出版有诗集《1970年的月亮》《捕光者》。

韩宗宝

张家楼

在这个深秋的海边小镇　我看到
油画上的闪电和你眼中的泥泞
以及远方静默的白桦林　在北方以北
道路　呈现出前所未有的面貌
小镇的经验　扩大了事物的边界
超出了经济学和发展学的范畴
一座充满愿景、理想和道德的城邦
所有的眼睛和呼吸都安静下来

吸引我们的是静物　是墙上的少女或者白马
灯带着光亮　照着一个人内心的隐秘和黑暗
谁曾在黑夜里猛烈地呼喊
让艺术和美的力量紧紧抓住自己
用加速度征服时间、坚硬的石头和往事
谁把一个词从黑暗和深渊中
小心翼翼地取出来
在纸上整理折叠成一个滨海的小镇

小镇微微张开嘴巴　像一朵秋天的玫瑰
让一个失意者　再次对世界充满牵挂和爱
秋天之后　很多事物会被人们慢慢遗忘
但张家楼不会　它的结构、历史和质地
已经发生了新变化　像异国教堂的弥撒
像张仲景开出的一张治疗沉疴的药方
它正沿着光阴中那条明亮的道路
成为言说者和改革者的舌头与名片

韩宗宝，出生于山东诸城，中国作家协会会员，山东省作家协会诗歌创作委员会委员，山东省作家协会签约作家。曾参加诗刊社第二十五届青春诗会、全国青创会、《人民文学》新浪潮笔会，著有《一个人的苍茫》《韩宗宝的诗》《时光笔记》等6部诗集。

何不度

丧失的必要性

他们已经到达
圆桌上,喧哗已经开始,频频举杯
赞美和中伤已经开始

而那个人
还在昏睡与焦虑之间
耗费时光
永远也到不了！这样的担忧与惶恐
让他不停地醒来
又在消磨中
胡思乱想——

世界似一个椭圆
至少有两个相互牵制的中心
比如虚妄的肉体
与无计的精神
他想——

他就是这轮子
损坏的部分,随时会沿切线被抛出
先于遗忘溺于世界
和它的错觉

何不度,出生于甘肃西和,现居兰州。

何若渔

迷宫

我饶有兴趣地注视一切
侧起耳朵捕捉箭镞飞行的声音
它兴高采烈地飞向目的地时忽然扭曲
变形的轨迹
与暗中惊呼的战栗

此时晨光已被全部放出
先前全被收束的光线，从世界的另一侧
齐齐出来放风

它们在墙上的涂鸦，密集的示意图
我想借此通往某处——
纸笔画下的轨迹，曾是迷宫中的迂回
是疼痛热烈的撞击

在离出口三分之一的路途
时间开始悄悄呼唤——
这些黎明的光线
就要回去禁闭的处所

何若渔，作品散见于《诗刊》《诗选刊》《山花》《中国诗歌》等刊物，有诗歌入选《中国诗歌精选》《福建优秀诗歌选》等选本，诗集《八月》获福建省第二十九届优秀文学作品奖暨第十一届陈明玉文学奖。现居福州。

何山川

松针金黄

松针金黄，祖父坐在上面，
那是过去的事情了，现在他躺在了松针下面。
换句话说，松针从地毯变成了棉被。
正如他养育过的那块石头，此刻躺在阳光下，
把水当成了宗教。
只有牛羊仍然在山坡上吃草，吃了一万年还在吃。
祖母说，他只是比她早一点去核桃上布城池，
而她其实更喜欢在谷粒里藏经书。
你可以理解为那是因为爱情。
但我可以告诉你，在他小小的故乡，
河流不用私奔，因为私奔需要另一种审美。
我也可以指给你看，在他小小的故乡，
星宿在天，有人跟随它们散步。
这样追溯起来，一个人的怀抱可能就是一个宇宙。
这样说来，我的祖父有时可能在时间之中，
有时又可能在时间之外。

何山川，本名谢雪钧，浙江遂昌人，浙江省作家协会会员，作品散见于《诗刊》《诗歌月刊》等文学刊物，曾多次入选年度选本并获奖，著有诗集《我住在一条大河边》。从事文化策划工作。

黑　马

微山湖

微山湖，遗落人间的一面最美的镜子
我用一生在这里相爱
用时间酿酒，用春风作画

透明的风，仿佛是村庄铺开的宣纸
我的每一粒汉字，在村庄里
有了行云流水的愿望

油菜花开的故乡，腰缠玉带
河流运来水草的诗韵
两岸春光和延绵的灯火有了新的律动

芦苇飘摇，我与明月对坐
从琴师的手指间跳跃出来的音符
是白鹭和仙鹤送来的诗

河流带动故乡，在水上滑翔
我的诗是写给内心的歌
和星辰一起闪烁，在了无人迹的旷野

在被黑夜推远的背景里
月光送来了水，风吹走了镜子中的幻象
只有我，还在灯盏里扑捉意象

即使在梦里，我也会捉住它
捂紧一颗沸腾的荒芜的心
如同抓住李白的酒杯、锦绣的文章

黑马，本名马亭华，中国作家协会会员，著有诗集《大风》《苏北记》《寻隐者》《乡土辞典》等。

横行胭脂

长安城

一座城市秋雨裹身
另一座城市是什么样子呢
关中平原，五谷喊冷
长安城瑟缩
另一座城市眉头明朗吗
秋雨站在地上
钟声传出节令
空气里划过清辅音和辅音
另一座城市用的是元音吗
一座城市坐在教堂里打瞌睡
另一座城市呢
一座城市由于饥饿感
浑身朝向渴望的盐粒
另一座城市刚刚吃完早餐
扔掉餐巾纸
一座城市继续它踉跄、悲伤的表达
它始终苦于
星辰无法站到地面

横行胭脂，陕西文学院签约作家，中国诗歌学会理事，中国作家协会会员。曾参加诗刊社第二十五届青春诗会，曾获中国年度先锋诗歌奖、第三届柳青文学奖、西安市骨干艺术家奖等，诗集《这一刻美而坚韧》入选“21世纪文学之星”丛书。

洪　峰

草木之心

拥有草木之心
怎能没有自己的一亩三分地
做城里的乡下人，让一个四字头的男人
理想更加旺盛
一车泥土，安居在这座高大的建筑物楼顶
清新的自然风，从四面八方簇拥而来
面对天空的辽阔，植物们遵守自然法则
出芽，开花，授粉，结果
整个过程一气呵成
七月的雨水继续充沛，七月的阳光继续热烈
所有植物都已高过我的头颅
一个在城里的乡下人
从内心出发，把泥土和植物一起
顶到了天

洪峰，本名洪汝锋，浙江省作家协会会员，20世纪90年代初开始诗歌创作，著有诗集《一个人的瓯江》，诗歌入选多个年度选本，主编《华严塔》《剑道》等多部书籍。现居浙江龙泉。

洪锋庆

莲花

以《墨池》的水洗净文字的黑
在《茶林》吟一首九歌，向天问
必须抵达汨罗江，或问，或语
干越的风包裹着江南，吹入千里鄱阳湖

如果用棕叶包裹凡心，沉入鄱阳湖的湖底
是不是也能像屈子一样
一丈神剑，就能许天下苍生幸福
是不是也能像湘夫人一样
一叶秋风，以一莲心渡劫

游鱼、艾草、白鹭、江豚、菖蒲
我看见悠悠白云在随风飘荡
擎起一叶荷绿
我看见，江豚正慢慢向我游来
面带微笑

洪锋庆，男，江西余干人。江西省诗词学会会员，江西省上饶市作家协会会员，中国网络诗歌协会会员。作品散见于新兴媒体和公众号，并有获奖。

胡海荣

芦苇

故乡的芦苇
用一生的时间
挺直身姿时
秋风,便吹白了
它们的头颅
也吹弯了它们的脊背

那些,一直
顺从着风的芦苇
多像我的乡亲

冬天了,它们
也不得不以下跪的方式
跪在霜雪中,伏进泥土里
待来年,还得为世间
交出——
一些矮矮的绿意

胡海荣,男,江西省瑞金市诗词楹联学会会员,江西省瑞金市书法协会会员。

胡　岚

一墙之隔

陌生的，近在咫尺
遗忘的，远隔千山

风中静立的玫瑰，时间不曾褪色
蜷曲的花瓣，季节也不能改变
静止、凝固，雕塑记忆
冬有骨感之美
不能懈怠它的冷

冷寂的枝头，喜鹊张开羽翅
沉溺在蔚蓝的辽阔中，你来自何处

万事万物都将逝去
大风起处，谁曾替我们活过？

冬天不在世界尽头
生命怅惘而不安
谁曾替我活过？

胡岚，中国散文学会会员，鲁迅文学院第三十三届高研班学员，诗歌、散文、评论作品散见于《诗刊》《文艺报》《北京文学》《绿风》《诗歌月刊》《诗选刊》《湖南文学》等刊物。

胡应鹏

喜鹊的意愿

这嘎嘎的声音
最近一直提醒着我,未来的生活
可能向幸福挺进
而且非常坚决
对此,我也坚决同意
这并不优美的报喜的声音
毕竟比乌鸦的歌唱
更能安慰现实的环境
而在北方的雪天中
诗歌教授却遇到一只乌鸦
向他反复点燃黑色的焰火
这样的情景
容易让人反思为什么,或者是不是
现在,南方早已春回大地
而喜鹊只是幸福的一小部分
更多的鸟类,已经开始讨论
斑斓的色彩和怎样去分配
万亩良心的花蜜
面对如此热闹的场景
我们是否能代表人类和鸟类
去北方,安慰他们偶然的孤独

胡应鹏,当过音乐人、低音吉他手、歌手,著有诗歌、歌曲、音乐评论,主编诗歌民刊《诗·70P》,有《短刀》等多部诗集出版。现居四川绵阳。

胡正勇

他们总是不说话

我的心脏，只知道跳动
我的双腿，只知道走路或奔跑
我的皮肤、我的头发、我的五脏六腑
他们默默无闻，像天空一样
我的两只眼睛像星辰一样
他们总是不说话

躺在泥土里的奶奶，装奶奶骨灰的骨灰盒
装骨灰盒的棺木，他们总是不说话
奶奶死后，活着的父亲越发沉默
有时像无量溪边的一块石头
像远处的山峦，近处的树木、青草
像五颜六色遍野的山花，总是不说话

转眼冬天来临，衰败的枯草不说话
满是枯草和落叶的山坡不说话
挂在屋檐下的冰凌不说话
偶尔有雪落下，小雪抑或大雪
一片一片的雪，一斤一斤的雪
不说话。天黑了
雪地上归来的父亲，还是不说话

胡正勇，江苏省作家协会签约作家。初中开始发表作品，作品散见于《花城》《十月》《中国作家》《诗刊》《北京文学》《诗选刊》《星星诗刊》《扬子江诗刊》《诗歌月刊》《雨花》《延河》等国内数十家报刊，作品入选《百年新诗精选》《精美诗歌读本》《江苏百年新诗选》等数十种选本，曾获《天涯》《芳草》杂志社举办的文学大奖，出版诗集《春天渐渐走远》。

胡子博

乌鸦

乌鸦站在高处
时而飞来飞去
背景是蓝天和白云
有时是雾霾或阴云
我知道你们会说
你们看到了一只黑色的乌鸦
废话！乌鸦当然是黑色的！
但是，不！
我的眼睛的确看到了一只黑色的乌鸦
可它在我心里是白色的
白得纯洁、无辜而知足
我认为它就是一只白乌鸦
在乌黑的天空飞过
它的白
使世界陷入夜晚
让天空蓝得发黑

胡子博，男，出生于山东，著有诗集《失眠者》《不可知的事》。现居广西桂林。

黄海兮

黄陵县

站在桥山上
看到黄陵县城
要比我走在黄陵县城
漂亮
我看到的沮河
淌过的水声
但此地的寂静
高过喧哗的车轮

年轻的女导游对我说
点亮工程
到了夜晚
这漫山的星光
闪啊，真好看
那一颗颗星星
照不到黄陵县城昏暗的街道
和人脸

黄海兮，曾在《人民文学》《作家》《十月》等期刊发表过诗歌，主要作品有长诗《余哀》。现居陕西西安。

黄明祥

沙漠锦绣

一粒沙子与另一粒沙子相遇
每一粒都会行走
不是黏合,是依靠
成一座走山
走着走着,有的沙子不见了
另外的沙子又靠过来
成了另一座走山
不停地走,走成不停的山
走山走的是形状
走的是一粒粒沙子扛来的影子
一座破碎的山
一次次破碎的不是原山
是另一个影子的瓦解
沙漠是戈壁旁边的灵镜
照见最坏的心情
如沙尘暴
这在字典里,无时不在发生
抖落书的尘埃,说锦绣文章的事
实在令人气急败坏

黄明祥,湖南诗人。

黄沙子

最好的生活

有一个地方叫最好的地方
有一位牧牛人曾来过这里
青草和露珠让他感到安心
飞鸟和夜晚总是交叉出现,从不延迟
他期望一直拥有这一切
这一切如棕色的水一样的静谧
而他放牧的牛在一天天老去
在全部青草和露珠、飞鸟和夜晚中
只有他依旧是一个孩子
最后他选择离开此地
当我听到这个故事时
时间已更换了主人
就像他搭建的小木屋
变成坍塌的朽木

还有一个地方叫最好的河
是一条断流很久接近废弃的河
所有能够证明的只是河床上
一艘不再用于航行的船只
那是候鸟和蜘蛛的家园
过路者也可以在上面暂居
一个运气不佳的人被暴风雪困在那里
他除了睡觉就只能沉思
我感觉最好的生活正在向我靠近

黄沙子,出生于湖北洪湖,著有诗集《不可避免的生活》《人世间不一样的美》。

吉小吉

论一朵荷花之重

我，带不走一朵荷花
尽管她以万种风情的颔首
以及令人心醉的清香
向我一再致意
但我真的带不走她
她的美、她的洁净
都太过于沉重
沉重如石
沉重如佛祖的宝座
我无力去搬动它
在一朵荷花面前
我有时也只能双手合十
被一种独自难以承受的重力
拖落进芸芸众生……

吉小吉，笔名虫儿，南京大学文学院毕业，中国作家协会会员。现居广西北流。

剑　东

深秋，月有铁的锈迹

我曾经走进很多个深秋的月下
并在其中驻足
眺望过的秋之深处
鸟兽足迹和静谧多么诱人
没有路，路消失了
还有来时的脚印和悲伤
来时，我拒绝了流水与花朵的欢颜
如今，被眺望的深秋
月有铁的锈迹
那是时间之初第一个亡灵
耳鼓里藏着的关于生命弧线的秘密
没有路，就像我们来时
往哪里走都是远方
眺望着，眺望着
却什么都看不到
包括我们的微笑和迷茫

剑东，原名金学忠，出生于哈尔滨阿城，黑龙江省作家协会会员。作品散见于《诗林》《诗潮》《绿风》《诗选刊》《诗歌月刊》《岁月》《现代青年》《安徽文学》《星星诗刊》《青年文学》《剑南文学》《山东文学》等杂志和多种年度选本，著有诗集《阿骨打城头的雪》《阿骨打城头的寂静》。

江 非

黄昏时坐在火山上

黄昏时坐在火山上
看见黄昏中有果实在坠落
大地像星空一样
也有死去的人燃起的点点星火

黄昏时坐在火山上
看着远处就像隔着一层玻璃
玻璃的里面和玻璃的外面是同一个世界
但必定有什么在停留有什么在消失

黄昏时坐在火山上
是一件伤心的事
是有些事物没法在白天和在平地上坚持
必须离开住处,到危险的高处坐坐

体味体味火的光芒
体味体味闪耀的玻璃

江非,出生于山东,著有诗集《传记的秋日书写格式》《白云铭》《夜晚的河流》《傍晚的三种事物》《一只蚂蚁上路了》等,曾获华文青年诗人奖、屈原诗歌奖、徐志摩诗歌奖、海子诗歌奖、扬子江诗学奖、茅盾文学新人奖等。现居海南。

江浩

错位

我是一只刺猬
打滚在鹅卵石的街道
人们对我敬而远之
我也刺不到任何红薯、冬瓜
哪怕是一截汁液饱满的藤蔓
冬天来了
一片黄叶落在我的背上
我左右摇晃
发现它有比我更大的悲伤

江浩，出生于江苏昆山，爱写诗，私营企业主，野马渡雅集成员。

姜超

旷野寻踪

别人轻裘香车,在豪宅里觥筹交错
喧嚣的呼哨溅落月光
而你,旧单车,破水壶,老手电筒
满脑子昨日思想
帽不遮颜,履不发光
一心在路上行走
向旷野索要童年与纯真
跟着炊烟回家
和蓝天白云谈心
问候每一棵庄稼,也包括杂草野花
给小动物们让路
下雨不躲,大风不避
歌,唱给一个人听
让脸上有土、身上有泥
纸上的笔迹温暖轻柔
天黑了,闭上眼就能入睡
鼾声与星光一样流畅

姜超,文学硕士,黑龙江绥化学院图书馆馆长,鲁迅文学院第二十六届高研班(文学评论班)学员。主要从事当代诗学理论及现象研究,在《文艺报》《名作欣赏》《电影评价》《文艺评论》等报刊发表学术论文40余篇,著有文艺理论集《用一根针挖一口井》和诗集《借来的星光》《时光书》,曾获黑龙江省政府文艺奖(文艺评论)。

蒋兴刚

盐官之夜

大潮可以让土地安静
我们喝米酒、聊王国维，天就黑下来了
我们需要一个黑夜
盐官一样黑的夜
我们谈论时光流逝
我们大口吸烟
像收拾掉一段多余的光阴
我们无所依靠
像江对岸的故乡
被夜潮一次次冲刷

蒋兴刚，男，出生于浙江萧山，中国作家协会会员。

柯卫军

玉泉院里的无忧树

生长在无忧树骨头里的模样
枝枝蔓蔓，没有剪裁
自由随心地长

弯曲不直，做不了栋梁
柴的质地，却怎么烧火都不旺
陈抟手植千年，不被香火惦念
晨钟暮鼓，婆娑虬曲的枝叶
抖落一地光束，清风低吟
那是陈抟皇命至
遁深山，无为的天书在吟唱
种榆诵经种月色
坠落在皱纹里的星星，把经书磨亮
鼾声起，陈抟昏天暗地的神睡擦亮月光
让道观里属于睡眠的黑暗部分，更加浓酽酣畅
玉泉院无忧觉，天大的事都能睡着

柯卫军，陕西华阴人，散文、诗歌作品散见于《延河》《蓝盾》《人民公安》《山东诗人》《天津诗人》《秋水诗刊》（中国台湾）等刊物。

孔庆根

相对无言

渐渐地,我们连成一座山
山峰耸立
风从峡谷穿越
一路长歌行
花开花谢
流水带走故事

各自占据着山峰
天在我们的头顶
底下奔流的行影
世界不曾寂寞

然而,我们正在收拢双手
正在摆脱言说
正在眯缝着眼睛

孔庆根,小学教师,有诗歌作品获奖。现为浙江省杭州市西湖区作家协会秘书长。

兰秉强

木匠父亲

墨斗弹了直线
木匠父亲就立下规矩
板斧朝着直柳砍，卯榫讲究合缝
一行江湖有一行说法，堂上大梁
女人是不能跨过去的

温州师傅传授的手艺
以画见长，这些年
父亲的日子过成了旧家具
潮流描在明面，传统却刻在骨子里
角尺量出人生，从来学不会转弯

木匠的故事没有洗白
行业已经和父亲一样老去
细木工刨传到我手上，做了书柜摆设
但是刨针顶着刨铁，几十年没有松懈

兰秉强，男，畲族，浙江龙泉人，中国诗歌学会会员，诗歌作品散见于《诗刊》《诗潮》《山东文学》《岁月》《星河》等文学期刊，曾获第三届上海诗歌节创作三等奖等多个奖项。现居浙江丽水，供职于市直某单位。

椰头

威迪先生

满月悬于远空
椭圆形屋顶上,微弱的光线摇曳光晕
威迪先生仿佛囚禁在
一个圆的世界里

仿佛是一个漏气而干瘪的球
或是一个残旧的汽车轮子
他陷入沉思,似乎正在回忆
轮子一生行进的轨迹

他翕动嘴唇,淡淡地说
此刻他并不惧怕
甚至有一点点期盼
某种白
某种坛子的形状及颜色

椰头,原名周检,现居湖南长沙。

冷盈袖

在别处生活

有隐居之念
不是一日两日了
人群中不能久待
不妨试着
在植物中生活

听一日的鸟声
见最少的人
清泉细长
酿整瓮的酒
透过枝叶看月亮

院子里的篱笆
不可编得过于齐整
叶子落下来
就让它们积着
这何尝不是一种美德

用草木煮一日的粥食
最好的人间
便是父母健在,粮食清白
像料理一棵青菜一样
料理自己

冷盈袖,浙江武义人,又名胥与朵等,出版诗集《暗香》、随笔集《闲花抄》。

黎吉珊

被一个村庄拒绝

我正渐渐地
被一个村庄拒绝
篱旁那棵老海棠
已经了无踪影
田埂向村口拐个弯
童年便离我远去
暮色里不知谁
收走了最后一声蛙鸣
只剩下一尊石臼
对我说一些陈年旧事

父母年事已高
像秋风中的叶子
我的每一次返乡
都是最后一次
多么幸运啊
每一次归来
都发自内心的意愿
每一次离开
还有人和我告别

黎吉珊，男，海南省作家协会会员，作品散见于《诗刊》《天涯》等刊物，出版诗集两部。

黎　阳

还是那个黎，那个阳

今天是一个不安分的日子
姐姐，我不再开启嘴唇念一些诗句
它们加在一起，也没有填平我的伤疤

姐姐，你说有了青草，羊才是幸福的
有了家，男人才让人信得着
而昨天，我又一次被筷子辞退了
你来前我饿着肚子，拿着本诗集，对你笑
姐姐，你说我是一小块儿胃里的石头
在身体中硬着，在生活中硌着，绞着自己的命
自己疼，也疼着别人
却顶不了自己的饱

那我是一块五百年的顽石
姐姐，我通体是宝，内心仍然光明温暖

黎阳，原名王利平，黑龙江讷河人，曾在国内外200家报刊上发表作品，曾获2016年川东文学奖、2017年巴蜀文学奖等奖项，作品入选多种选本，2018年成为《海燕》签约作家。主编《华语诗人》，出版个人作品集《成都语汇——步行者的素写》（四川民族出版社）、《情人节后的九十九朵玫瑰》（中国文史出版社）。曾居天津10年，现居四川。

李德生

七夕节

流觞的光年
消逝在浩瀚与缥缈的银河中
记忆中的红颜
是今生与前世两难忘的知己

鹊桥的缘
飘散了一段红尘中牵念的泪光
又在七夕遥望的星辰中
谁记得我们
那段缠绵与悱恻里相爱的往事
在失忆里重拾残缺的记忆
重筑这短暂而隔离很久的时光

断守里
忘不了瞬间恩爱的温存
心有灵犀中
望着彼岸憔悴与独守的红颜
在鹊缘未了的路上

两颗守望的红心
印证了
沧海桑田里喜悦的相逢
与离别后
所有悲泣里难舍的心情

李德生，青海省作家协会会员，网络平台写作者，作品发表于《海南报》《西海都市报》等报刊。现于青海省贵德县卫生系统工作。

李 克

草原就是最好的教堂

震撼吗？
当白毛风像长调一样卷起，
万里的雪龙将在黎明的光芒里沸腾。

从遥远的卡日曲赶来的黄河，
在辽阔的河套尽情地屈伸着。
那勒勒车可是醉酒的羲和的座具，
从蒙古高原的肋部隆隆驶过。
一切在酝酿，在呼啸，在亮出力量。
逃亡的烟牵动着整个大地。
骑手啊，在这母亲般从容的时刻，
你挥动马竿套住亢奋的生命，
它们刚从神那里受洗归来。

也许你从数百万年古大陆承受来的，
不过是大自然一瞬的颤动，如同草的轮回。
而如果你参透了那雪域的美丽，
这草原就是最好的教堂——在雪和城市之间，
人们沐着早起的阳光，虔敬似圣徒。

李克，1974年出生于安徽灵璧，文学博士。曾出版诗集《灵魂里的铁》和专著《明清戏曲评点研究》，作品散见于《星星诗刊》等百余种刊物，并入选《中国诗歌选》等多种年选。现居北京。

李克利

伐树

木屑纷飞成生活的迷雾
杨树和柳树的哀号
淹没在电锯和吊车的轰鸣中
风没有了驻足的地方
白云很容易一脚踏空
即使木头朽烂了,虫子都不愿离开
空荡荡的庭院,一个上了年纪的妇人
眼眶贮满了泪水
她的心里肯定装满了苦水
倚靠被伐倒,阴凉被伐倒
盛夏很快来临
有什么办法呢
幸好根还在,高出水泥地面五厘米的树桩
早晚能发出嫩嫩的枝芽
几只喜鹊飞回来了
在半空中久久地盘旋

李克利,男,山东省莱西市作家协会副主席,作品散见于《诗刊》《诗潮》《诗林》《诗探索》《星星诗刊》《绿风》《草堂》《山东文学》等刊物,曾获第三届万松浦文学新人奖、春泥诗歌奖提名奖、第六届和第七届中国红高粱诗歌奖提名奖。著有诗集《风吹》。

李利忠

在寺平喝酒到深夜

在寺平，我们又一次领略
距离便是引力，时间便是赞颂
岁月在荒寒之外或偶有慈悲
我们静静仰视，并不奢望交谈

在寺平，如果夜晚不喝酒
我想我可以早一点睡
但每一座光阴深处的古老村庄
都会有一坛美酒
和夜空中的星斗一样
抚慰浮世的变动

在寺平，总有柔软的事物穿越沧桑
来到身边，就像酒坛边总有一位母亲
近乎神秘地赐予我们永不枯竭的酣畅
当她俯身打酒
多么像从村庄深邃的井中
慢慢提上一桶幽暗的天空

李利忠，浙江建德人，浙江省作家协会会员，浙江省散文学会理事。著有《晒盐》《百年一瞬间》《是什么让我们嚎啕大哭》《潮的人——百年来源自浙江的中国底气》等诗文集10多种，其中《〈汉书〉人物故事》被译为韩文在韩国出版，另有楹联百余副被国内各风景区采用。

李林芳

青涩

夜里落雨，青涩的柿果敲着屋顶的瓦片
敲一下，骨碌碌滚三下
还是坠落下来，这雨中最大的一枚
砸在地上的小坑，也是青涩的
还有几枚落进苫顶的麦草
落得安稳的现世

说起早夭的孩子，八十岁的奶奶还抹眼泪
我六岁的小叔，健壮，结实
“他该像他那么高的”，看到高大的男人
奶奶都会看向大平地上那一小抔凸起的土
小小的坟头搭着一村人的心
他永远都不会那么高了，我看向院子里的柿子树
早晨的空气新鲜、清凉，柿果在阴凉里
等阳光，一些正逐渐饱满
还有一些不时落下
这喂养命运的点心
因化不开的青涩而苦、而硬
我想跟着我六岁的小叔一起唱
“柿子饽饽，过来坐坐”

李林芳，山东省作家协会签约作家，毕业于山东大学文学院作家研究生班。作品散见于国内文学期刊，入选年度诗选等几十种选本，著有个人诗集4部，曾获诗刊社优秀诗集奖、中国红高粱诗歌奖项，曾被评为全国十佳教师作家。

李 樯

春风斩

——赠Mariline

冬天的盐被渍干后
在树枝上晾晒出来
你的微笑比柳条儿还软
来自安大略省的微笑
接近北部冰原上的阳光
透明而单纯

上午十点，你刚起床
站在盛开的花朵后
花朵是那样的清晰、鲜艳
却挡不住远景
虽然远景里你的面庞模糊

屋子里的初春
那也是我全部的春天啊
冬季之盐经过春风的渲染
变成嫩绿色，一夜间覆盖全世界
这不是奇迹
那么自然而然

我不要像垂柳的枝条一样
在你的春风里
这般的妖娆
我其实是不安的
这以后的日子，是一张新铺开的画纸
每天都会多一抹颜色

李樯，男，江苏徐州人，中国作家协会会员，发表有数十万字的中短篇小说和百余首诗歌，作品入选多部诗歌选本，著有长篇小说《寻欢》《非爱不可》，获小说、诗歌奖若干，有诗歌、小说被译介成英文、日文等。现居南京。

李文斌

起风了

小的风,也有凉意
也有刻薄与任性
一些落叶在推推搡搡地赶路
我的悲伤
被无限放大
落日像要枯萎的黄花

将风声装进酒杯
一些霜染的词,有着寒凉
不适合下酒

风吹来的时候,在酒精里
麻醉疼痛
夜晚不断修剪一张纸上孤独的影子
月亮像害了大病一样
在风的前头
苍白
我忘了,喊她回家

李文斌,男,出生于辽宁省本溪市,辽宁省作家协会会员。有1000多首诗歌作品在《诗刊》《星星诗刊》《鸭绿江》《诗潮》《扬子江诗刊》等刊物上发表,有多组诗歌在全国诗歌赛事中获奖,出版诗歌合集《七人合唱团》。

李文武

影子

午后的两棵槐树
影子与影子叠在了一起
并且暗暗地变换着位置
就像两个交谈太久的人
悄悄挪动着身子

李文武，四川遂宁人，《广场诗刊》发起人之一，作品入选多个诗歌选本，有诗集《诗人与他的妻子》。现居重庆。

李潇

人和物

一些边角受伤的小圆
蜷缩在一个已不规则的大圆里

一个小孩
从高脚凳上往下跳
落在横陈的玩具身上
发出一阵混合的声音
掀翻一杯喝剩的牛奶、一袋薯片
和那瓶还没风干的颜料

一只不知名的小鸟
用清脆的鸣叫
扶起了小孩子
拉直了他的目光

同时也治愈了
那些慌乱的小圆,以及
那个大圆的憔悴

李潇,上海市作家协会会员,作品散见于《诗刊》《星星诗刊》《诗歌月刊》《诗探索》《诗林》《中国诗人》《上海诗人》等报刊,著有诗集《幸福如尘》《理想主义的暖》等。现居上海。

李秀梅

我听到冰山炸裂的初响

这是无界的极地，无声的蹦极
只属于我一个人的雷声与闪电
灵光乍现，众神稍纵即逝
我裂山为岛、指鹿为马
是飞越自由国度的帝王

我听到冰山炸裂的初响
一种包围来自于体内
轻易地陷入——
她全部的泪水
海啸
那是一个人倾城倾国的破碎与交付

从北极到南极，从一元到二元、多元
从亚马孙雨林的一只蝴蝶
到德克萨斯的龙卷风
冰层固有的序列融化在路途，是谁逆风回头
无意撞上佛光普照的眼神

李秀梅，笔名素嫣、公子羿蓝，湖北孝昌人，孝感市作家协会会员，中国诗歌学会会员，有作品发表于《诗选刊》《中国高新区》《延河》《中华文学》《皖风文学》等刊物。

李雁彬

花椒熟了

这注定要融入烟火气中的香味
穿着一身大红袍
隐居在刺藜之中
在六月的大地之上
最先浪费掉的这一部分
成为风景和诗意的佐料
还有一部分麻进肌肤
通过尖细的伤口
进入血液
首先腌制我们的肉身
我们注定和花椒一起
每年都熟一次
把自己的一生都长成调味的花椒
我无法用比喻再为她增加些什么
生活就是如此简单
此刻，我们渴望更明净、更酷热的日头
让一生积攒的色彩
迅速巩固

李雁彬，出生于甘肃秦安，现居秦安。

李玉荣

正在缺席的人

存活在记忆里的人
是我姓氏里的亲人——
嘴唇、乳房、脐带，甚至每一根手指
他们在我梦里出现
我喊：爷爷、大姑、大爹
陌生疏离的影子，再不肯应和我

仿佛隔着一堵墙、一扇门
一座城市的迷宫

我想回到乡下。时值小满
叶子发光，麦芒新长
小孩子，站在镜子前
期待果子成熟
后来，她会想到吗
照镜子的人，会不断消失在里面
月圆时，名字是最后落下的
一片片树叶

李玉荣，内蒙古托县人，诗作散见于《山东诗人》《鄂尔多斯》《杯水》等刊物。现居内蒙古鄂尔多斯。

梁雪波

树巢

雪后的山林有落寞的空寂
水杉峭立,仿佛停止了生长
蓄积在树顶的古老的秘密
如一朵浮云——相对于尘世来说
那是完成一半的天堂

飞鸟不知去向,它们追求的是消逝
像隐身于一行战栗的诗
只留下锯齿形的风,急掠湖面
在比树冠更高的深处
松鸦的心跳与雪的寂静合而为一

杯中晃动着远山的倒影
在小径分叉的玄圃,为多年前与松鸦的
一次电击般的对视,雪下得更密了
覆盖了造访者来时的足迹
远山,是我与松鸦眼中互换的药丸

这锯齿形的风也割开了惶然
风吹过,树巢摇晃
仿佛世界的中心陷入怀疑者的病榻
风不停,它吹过海棠、刺槐、枯柳和梅
把松鸦的鸣叫纳入更广阔的黑暗中

梁雪波,出版有诗集《午夜的断刀》,曾获首届江苏青年诗人双年奖、第九届金陵文学奖、第二届李白诗歌奖提名奖、第四届海子诗歌奖提名奖。

梁　梓

空隙

散步的间隙
夕阳已把金子涂在高大的杦树上那霜打过的叶子
闪烁着短暂的荣耀的手稿，隐匿其间
麻雀部落的臣民在朗诵
它们说着流利的语言
嘈杂的间隙——
获得巨大的安静
像河水停滞，打着小小的旋涡
黄昏总是弥漫着神秘的气息
多年后，在异乡一个破旧的朗木寺
几个沙弥大声诵着《地藏经》
寺庙的犄角撑着一片金光
我想到——
如果不是有一种可以托住光的事物
天很快就会黑下来

梁梓，本名梁文奇，黑龙江青冈县兴华镇人，中国诗歌学会会员，有诗歌发表于《诗刊》《星星诗刊》《扬子江诗刊》《诗林》等刊物，曾获第八届中国红高粱诗歌奖。

辽东天赖

值得挥霍的日子

这是十月
天与地都打开了胸襟
不保留一点秘密
一阵风吹散另一阵风
一朵云靠近另一朵云
离合都是自然发生的,多么正常
树叶也是这样,离开的悄然离开
没离开的继续疏远或亲密
该收获的都已收获
只剩一园正在包心的白菜
这些清白的植物,已开始默默向内生长
午后的阳光,都倾倒在茶碗里
不凉不热,正好适合慢饮
小木凳上的两个人
享受着不交谈的默契与自由
庭前安静开阔,可以看见南山
南山也沉默
南山是个眯着眼睛晒太阳的
褐衣老者

辽东天赖,本名郑春,男,满族,作品散见于报刊、选本及网络,获过一些奖。现居辽宁岫岩。

林建勋

仙人柱

戏台搭好
花瓣是几根木头
花蕊是时间的骨架
须借助
山水的舞步和台词，才能剥落
桦皮和兽皮里
隐匿的春秋
仙人柱里从来不住仙人
猎枪失踪，石头怀孕
嘚嘚的马蹄声中
总有一些人
在民俗中走失
又顺着荒草的根须回来
仙人住在隔壁
与我们一样，执扇，执泪眼
执琐碎的戏码
一脚门里，一脚门外

林建勋，黑龙江省作家协会会员，出版诗集《手心手背》《掌心的白银纳》。现居大兴安岭。

林小飞

涂抹

他看上去像个园丁。
刨土、选种、晒太阳,
让花草进行光合作用。
他习惯了把每一个日子重叠起来。
看花开,观日落,喝咖啡——
有时拉着绳子,从一端到另一端,
奔跑或者散步。

他画了多年的一幅山水画还没完成,
印章上沾染的印泥因为没有钤盖,
已经干成块状。
现在,他似乎已经忘记这件事。

他想成为厨师,
为了完成一顿丰盛的晚餐,
他反复练习烹饪技术。

林小飞,反克诗派成员。现居福建福州。

林一木

花冠的旅途

最好看的花冠
除了鲜花、绿枝，还需要荆棘
人们戴着它
排着长长的队伍
走在通往时间之屋的路上
那是一间透明的房子
拥有三角形屋顶，在到达之前
人们要穿过
红色、绿色、橘黄色、靛蓝色、淡蓝色、紫色的旋涡
穿越黑色河流
经过一个高速旋转的时间的漏斗——
现在，你看到了吗
你是不是站在了屋子中央仰望
亲爱的，你是不是想告诉我
你看见了它
你终于找到了命运隐藏的秘密
你拥有了光的花冠
并让自己爱上了它

林一木，毕业于宁夏大学中文系，作品散见于《人民文学》《青年文学》《上海诗人》《诗选刊》《星星诗刊》《北京文学》《西北军事文学》等刊物，著有诗集《不止于孤独》。现居宁夏银川。

林忠成

夜里开窗

夜里，湖里的水悄悄上涨
不知想淹掉谁的心事
孩子打开窗
爸爸，他们往水里抬什么东西

夜里别开窗，别眺望远处群山
这会使一个人死得更辽阔
最好把心事倒在桌上，一粒粒地数
然后又装回去

一滴水孕含在水果内，像一个发育中的宝宝
水会长大，涨得水果满脸通红时
它就能下树了，被各种各样的手传来传去

夜里，猛然推开窗
会看见许多不该看见的人间景象

林忠成，诗歌刊发于美国、法国、加拿大、澳大利亚、菲律宾等地报刊。2014年端午节曾在福建召开个人作品研讨会。现居福建龙岩。

凌越

没有听清的誓言

停车，快停车！阿迪安，我明白了——
我们这样追逐，一如我们的沉默。
为了清醒的假日，
为了一个月苦行僧式的生活，
我们彼此奉献着禁欲和躲藏。
风景区单调的风光令我窒息，
通往海边的路记载着争论的不雅腔调。
在房间里，我当然渴望男人的拥抱，
但不是这条盘山公路所能赐予的。
是你，你听到了吗？
傍晚，一种诱惑替换了我的面容，
让它微笑吧！
它会喜欢的——
彻夜狂欢抑或手工劳动者的专注？
昨天，在镇上的酒店，
我们曾就此事达成一致，
我们扬帆出海，
就是为了庆贺那不曾摇晃的寂静时刻。
哦，阿迪安，再一次，我看不见你，
在我们中间，不仅仅有雾，
不仅仅有更加隔绝的谈话——
说过的话和未说的话都是枉然，
没有听清的誓言，再重复便成了虚妄。

凌越，安徽铜陵人，毕业于华东政法大学，现在广州某高校任教。著有诗集《尘世之歌》、评论集《寂寞者的观察》《汽车里的奥赛罗》和译著《匙河集》等。

翎　飞

八月临风

高山，抚琴
从西窗到南窗
从淮河到长江，泅渡
溯流而来，有桥
静静地望

记录，是一项有氧运动
呼吸，深呼吸
有些疼痛，就自动修复了
就像烈日炎炎，暗藏雨露
因果，都在云中

山峦倒影，教会我如何看待湖水
闪电，教我读懂了天空

庐荻正在酝酿一场花开
此刻可否
让我捻下一支芦苇
悄悄，起航

翎飞，本名俞令飞，曾用名郑寿菊。爱生活，爱文字。祖籍安徽寿县，现居江苏常州。

刘克祥

一条远方的鱼

浮萍如花
一样的夏天
我们光着脚在河边嬉戏
打发牛背上的童年
一群苍蝇飞舞
“嗡嗡”的叫声也是最美的抒情
一样的夏天
一条鱼游向远方
像天空中的鸟
云躲在水里
水洇湿了天空的梦
远方有多远
河流是不是一条鱼的一生
远的地方远了
近的地方近了
岸上的芦苇白茫茫的一片
我终将老去
背行远方的落日
等待泪水回潮

刘克祥，安徽怀宁人，中国作家协会会员，中国诗歌学会会员。2015年开始习诗，曾在《当代小说》《诗刊》《安徽文学》《北京文学》《人民日报》《北京日报》《北京晚报》《新安晚报》等报刊发表作品200余篇，作品多次入选《中国年度优秀诗歌》《中国年度优秀散文诗》《中国年度诗歌》《安徽文学年度诗选》等选本。现居北京。

刘　涛

黄昏

黄昏的节奏太慢
一旦快起来,又显得突兀

晚秋的雨弄湿了夕阳
盖好被子,让两只蝴蝶去超越秋天
它们刚刚成熟的心
又在晚秋中一点点变凉

但蝴蝶的翅膀飞得太慢
一旦快起来,又无法承受

所有寂寞的灵魂中
最好有一条绷带,否则
它们无法理解生活
而倾斜的夕阳,总是让人沉默,让人叹息

刘涛,祖籍安徽阜阳,中国作家协会会员,曾参加诗刊社第二十四届青春诗会,出版诗集《边土》《草木边关》等。现居新疆乌鲁木齐。

刘小雨

八月

我不会用一个月去表白爱，至少
在我没有学会爱一片叶子、一朵黄花以前
爱一个人，等于用一场雾湮没一座城市
虚无主义比实用主义更残酷
我看到八月的本质，比我要软弱许多

懂得放弃，也就懂得了拥有
一支箭有时需要不断地转弯
到达靶心的过程，只是箭的经历
与我有关的仅仅是等待

一部分时间，成为过去
我还要等待
另一段时间与我的相遇
南辕北辙和异曲同工
坐标不同罢了

刘小雨，女，曾参加诗刊社第二十六届青春诗会，著有诗合集《十三人行必有我诗》(2011年，中国文联出版社)。

刘蕴慧

食花记

一棵树，逐渐长出开着花朵的枝干
她坐在枝干之上的那些花朵之间
风吹，空气带着花朵的香在她身体里流动

香槟打开了，他在月光下向她举杯
他吃下花朵，越过那些围观的人
他呼出花朵的酒香
“吻我！”他对枝干上的她说
他的厚外套被风吹得摇摇晃晃

而她的长裙一动不动。她俯命于他，她那么爱他
可是她用唇语说：“不！”
“吻我！”他再次命令
风又吹过来，她像空气一样飘散
他企图拨开那些空气

在这样的时光里，上帝不开口说话
而围观的人，什么也没有看见

刘蕴慧，毕业于南京大学文学院，出版诗集《夜色》《午夜的独舞》。

刘正辉

秋风吹

秋风一吹
树叶幽幽飘零
蒲公英来不及带上行囊
便被发配远方
许多的梦想
总是颠沛流离
在无限的纠结中散落一地
我来自另外一个世界
又将返回另外一个世界
你一直耽于梦幻
总想独自凌空起舞
最终却被现实来个五花大绑
世间的千事万物
曾经那么光鲜迷人
那么高潮迭起
那么荡气回肠
却经受不起秋风的肆虐
终究要回归尘土
还有那些难以企及的名利
牢不可破的友谊
坚贞不渝的爱情
都被秋风吹得披头散发
露出了原形
在秋风中
相互抱成一团
号啕大哭
走进了冬天

刘正辉，男，江西省莲花县人，现居江西南昌，供职于某报社。

卢圣虎

茵特拉根广场的鸽子

一只鼹鼠爱上海鸥
如同海水爱上蔚蓝

我有很多梦想告诉大海
一根线拽在人间，忐忑如风筝

花儿已由野生变为植养
鸟儿掠过，使我黯然

比如茵特拉根广场的鸽子
甘为游乐园的艺伎
就在身边扑腾，轻舒而浪漫
眼前的觊觎就是一种危险

晚宴，主人献上一只乳鸽
我叹惜它的年轻，却无法见到它的老年

卢圣虎，1996年毕业于武汉大学历史系，湖北省作家协会会员，黄石市作家协会副主席。1992年开始诗歌创作，已出版诗集《天籁中的偶然》《若即若离》《由暗到白》《一边卑微 一边完美》《玻璃患者》等多部。现居黄石。

芦苇岸

风中的群山

喝令节气，顺着河谷向上隆升
或者附着春来茅尖破土
遁形于生烟的流水
山势蜿蜒，到云端
化为宇，化为脉，化为六合

在武陵腹地，群山昂首如虎
它们的啸声，顶着暮色
驰誉于荆棘爱戴的云梯
撒开的脚印如星光拓印大地

在身体的绝壁上，风声绘制惊雷
单声部在更高处尖叫
突然坠落于危岩急促的提示
庞大的低声部，像不可逆转的命运
垂首于城府很深的附和
或者干脆如山脚，琢磨不透
把悬疑推诿给哑默的时间

一再被吹拂，“生活开启的门
晃动迎讶环佩，谜底眼见为实”
乡愁浸染的纸团，叠成巍峨
群山之上，隐形的先知，端坐如墨

芦苇岸，1989年开始发表作品，曾在《诗刊》《人民文学》《中国作家》《当代文坛》等刊物发表作品若干。主要作品有《光阴密码》《冷，或曰道德经》《空白带》《湖光》，有诗集《坐在自己面前》等3部和诗歌评论集《多重语境的精神漫游》《当代诗本论》2部，曾获得中国诗人奖、尹珍诗歌奖、中国当代诗歌批评奖等奖项。

卢艳艳

滑板少年

我赶不上他
那个滑板的少年
他身子单薄,脚步细碎
像风中的绿叶
被弹弓似的枝丫向前投射
也许是太瘦小,他拽不回自己
也许是太轻盈
他总能从勒住肩膀的书包中
颠出笑声
午后阳光正好,仿佛春天正推着我
来到这新的人间
可我还是赶不上他
看啊——
街头一株光秃秃的紫薇
正借着我起跳的体温和脉搏
剥丝抽茧

卢艳艳,女,浙江东阳人,杭州市作家协会会员,中国诗歌学会会员,园林高级工程师,国家一级注册建造师。作品散见于《诗潮》《江南诗》《浙江诗人》《星河》《长江诗歌》等,著有诗集《飞花集》。现居于浙江杭州。

陆　岸

踏空

窗外扑棱棱一阵响
是一只黄雀在竹枝上踏空
它轻盈的身体踩在一根更轻盈的枝头上
某个环节就多了一份不可承受之重

多么熟悉又诧异的事物
闲暇时忍不住看天看云
雨却突然阻止我们打开庭院
出门在外,也常常警惕一些路口
爬坡向上,重心又往往向后

这些多么熟谙的场景
我们每天做着黄雀一样熟练的动作
有时也会一不小心踏空

有时幸好拥有翅膀
有时幸好不是在悬崖

陆岸,本名陆卫强,出生于浙江桐乡,作品散见于《星河》《浙江诗人》《大河》《香港流派诗刊》《中华文学》等刊物。

陆支传

最后一首诗

五月,大地在狂欢后
有了疲态,河流走得远了
没有了水声,村庄走得远了
隐居在薄薄的雾霭里

白茅摇曳的山坡上
我们都有了崭新的地址
光亮渐渐退下
以一抔新土的姿势等待日落
想想都是很兴奋的事情

亲爱的,如此美好的时刻
我想去看你,像生前那样
走过覆盆子遮蔽的小路
任裤管沾满虫鸣
像生前那样
忍了一辈子的话,再忍一辈子

陆支传,曾用笔名极目千年,安徽六安人,建筑工人。有组诗发表于《诗刊》《人民文学》《安徽文学》等,2017年入围《诗探索》中国诗歌发现奖,2018年入围春泥诗歌奖,出版诗集《零度天空》。

路 亚

一朵花的颓败

你说要这阵风，像狂野的吻
要有雨，一起怒放
还要有光：这眼神体贴，让你战栗
你写下一封封小情书
有愁人的美
你是我的姐妹、我的爱
我抚自己的胸口就摸到你的心跳
时光之镜在锈蚀、在模糊
我在你面前站得太久，渐渐失语
当你一层层打开自己
打开到最完美、最天真的模样
这人间最残酷的真相显现
在你我面前：开得越旺，败得越快

路亚，上海人，教师，一个用真情写诗的女人。诗歌是她生活中表达思想和感情的出口。

路 云

冲动

绝壁上什么也没有
除了一根绳子,系在你腰上
我听不清你说的话
声音陡峭,几乎没有踩脚之处
我摔下来多次
疼痛却找不到伤痕
你不信,我也找不到语言来复述
长这么大
绝望过一回,而现在我怀疑
这是不是绝望
因为
凡是被描述成绝壁的地方
我几乎去过,而且有说不出的快乐
它把我抓得紧紧的
生怕我掉下去
我时刻
有着把这个说出去的冲动

路云,男,出版个人诗集《出发》(2005年,贵州人民出版社)、《望月湖残篇》(2011年,河南文艺出版社)、《凉风系》(2016年,上海社会科学院出版社)和《光虫》(2016年,上海社会科学院出版社)。现居湖南长沙。

驴子姓卢

炊壶

在蓝色火焰中涅槃的铁货
在遥远的记忆里
温暖的初衷
对抗世俗的阴寒
一生坚持某种偏见
与明火亲近
与水垢暧昧
与铁锈藕断丝连
与新生活习惯性对峙

油腻的中年
被煤气无情论证
响水不开
经验主义的说辞
与新生事物一起脱落

开水不响
宛如沉默的思想者
沙哑的口哨
像时光的利刃
收割一屋子的苍茫夜色
和一屁股的寂寞光华

驴子姓卢，资深策划设计师，诗歌批判美学倡导者，文字、画作见诸各大刊物，获奖若干，出版诗集《省略》。

吕 煊

陈亮的书简落在了龙山

幸运的是，时光的摇篮开出了兰花。
一处叫龙山的江南小镇，
先生姓陈名亮，他的书简轻轻落在了此地。

书简外形古拙，像直指人性的钥匙。
义利并举，没有过多的深奥和忐忑。
有些群体，没有人会放下身段谈论被遮掩的利益，
即使反人性也不敢触及。

龙山连绵的群山和旷远的天空，
曾经放牧先生最初的远行。
群山毓秀阴柔，寻不到一点龙的勇猛和威武，
先生饱读经书，食民间烟火，
胸怀复国的大情怀。

一个铜钱一个命。
多年后，我从铜钱的背面洞穿，
这一谚语新的命题。
勤俭持家，以命相搏，是何等的豪迈。
三次上书，临终中举，拼的就是韧性和坚守。

九头兰是龙山最寻常的兰花，
它每年春天都会盛开，
一生贯穿九次抗争，九朵花，九种命运的开启，
深陷其中，来过的都是生命的绝唱。
兰花无为的清香，似先生的书简，已深入人间。

吕煊，浙江永康人，早年毕业于北京大学中文系，文学硕士，高级记者，九三学社中央文化专门委员会副主任。曾在《诗刊》《绿风》《星星诗刊》《诗江南》等多家期刊发表诗作400余首，有诗作入选《新世纪诗选》《浙江诗典》《2014最佳诗歌》等多种选本，出版《吕煊新诗自选集》《我就在广场南面写诗》《追溯》《笔耕婺江》等作品。现供职于某杂志社。

马　累

午后

午后，看风穿过葡萄架上
凌乱的枯枝
那如鹿鸣般的响声尤为高贵
仿佛自去年秋天以来
我一直寻找的

这点寂静多么难得
可以在无声中索取遥远
在那杯渐凉的茶水中
看千秋万代的涟漪
多少已经苍老的忠与义
在心无旁骛地告别

就像多年以前听罗大佑
眯着眼唱《亚细亚的孤儿》
但至今还是最喜欢他的《鹿港小镇》
“子子孙孙永保佑，
世世代代传香火”

可这个世界
能让人抒情的成分已经不多
红尘也不是想要的红尘
还有两样最干净的东西：
父母的目光和内心的痛苦

马累，原名张东，出生于山东淄博。曾参加诗刊社第二十七届青春诗会，出版诗集2部，主要作品有《鲁中平原》《黄河记》等。

马　力

在暴雨中

暴雨整夜未停
不要孤独地对抗它
不要屈服于它密集杂乱的描述
要继续置身度外
确保每一枝条上的外延、内涵和弹性
都不至于滴嗒着失眠
人到中年,各有忧患,衰竭是自然的
衰竭也是普遍真理,暴雨在衰竭中拍着电报
一定会嘀答着被屋檐签收
其中肯定有绝望,有对从前的否定

后来暴雨停了
它从每一低洼处传递出来的蛙鸣与寂静
它在日常生活里不断蒸发的两败俱伤
我都领受了

马力,男,四川泸州人,邮局职员。

马　嘶

夜宿青城山

黑袍装满了星光
银色的风
抚摸着山脊
读枕边《列御寇》
孔子曰："凡人心险于山川。"
这话
我并不认同
相反，真正令人"心险"的是，我几十年来
在书房里没日没夜地伐木造船
偷渡在字里行间——
那里有着圣徒般的戒律
也有反叛者
时刻露出豹子尾巴的意志

马嘶，四川巴中人，三径书院创办人。出版诗集《春山可望》《热爱》《莫须有》。现居成都。

马知遥

庆祝

天空用蓝色表示庆贺
湖水用清澈表示庆贺
工人用加班表示庆贺
农民用丰收表示庆贺
教师用批改表示庆贺
更多的人用拥挤
用景点上的笑脸
表示庆贺
南飞的鸟儿也停下翅膀
在瑟瑟的风中交颈而立
我不确定
那是庆贺还是因为长途疲累
它们只是在休息

马知遥，作品散见于《人民文学》《青年文学》《散文（海外版）》《杂文选刊》等各大报刊，发表论文190余篇，出版学术专著及文学作品24部。

苗红军

一个苹果

果盘里的一个苹果
我出差回来时
已经干瘪了,有褐斑
像一张脸

我在心里复原它最初的样子
新鲜的、青春的、光洁的
也像一张脸

我惊诧于孤寂的作用
仅仅一个星期
对于一个精美的苹果而言
是致命的

苗红军,作品散见于《人民日报》《诗刊》等,诗歌曾入选《华语诗歌双年展》《中国微信诗歌年鉴》等选本,著有诗集《麻雀》。

缪克构

陆家嘴

经济脱实向虚
陆家嘴是反对的
在寸土寸金之地
它越长越高
东方明珠、金茂大厦、环球金融中心、上海中心大厦
每一次拔节
它都没有虚度年华

上海证券大厦显示屏上的股指
竖起耳朵
倾听外滩海关大楼的钟声
一艘巨轮的隆隆驶近
也不过是一张轻轻翕动的羽翼

有那么片刻的眩晕
让我以为已经君临天下
其实，我的头上，头上头
都还在陆家嘴的脚下

金融城的脑际有一片云
贮存着层层叠叠的密码
可以敏锐地捕捉到
密西西比河每一丝细微的风暴

缪克构，1974年出生于浙江温州，中国作家协会会员，现为文汇报社副总编辑。出版有长篇小说《漂流瓶》《少年海》《少年远望》，诗集《独自开放》《时光的炼金术》《盐的家族》和散文集《黄鱼的叫喊》等，曾获中国新闻奖、中国报纸副刊作品金奖、中国长诗奖、上海文学奖、上海长江韬奋奖、上海十大文化新人奖等。

莫日根

雨

雨像小脚女人一样,赶得这样急
像穿过了风言风语,穿过了古代
这不是即将晚点的列车
我只能透过车窗来看你
这只是一个早晨
我在一首诗里,谈论爱情、少年和消亡
也会用两根手指来量一量你倾斜的角度
像一个人,也时常向某个方向倾斜
但不能因此就摔倒
或是和这个世界靠得太近

莫日根,达斡尔族,高校教师,河北省作家协会会员,河北文学院第十二届签约作家。

那 雪

佘山

阳光解开雾的谜面。
东佘山、西佘山，如两卷诗词，
合案在大地的书桌上，缱绻江南水墨的浓度。
每座山都是持琴者，每根翠竹都口含牧笛，
江水书写流动的曲谱——
风在高处指挥，树叶舞动，琴声如水——
鸟鸣啁啾，草木按住了岩石的尖叫，
鱼剔除了水的骨头。
夕阳在山，在苏轼的短句里；
雨逆风起笔，临摹董其昌的行书；
圣母教堂上空，鸽子祷唱，天蓝到大海的根部。
时光从祖辈身体里萃取稻香、浪花、织不完的棉布，
我从嗓音里掏出白云、瓷器、抖不尽的尘土。
我蛰伏在佘山的腹部。
佘山是山上的一片海，佘山是海上的一座山。

那雪，本名顾雪莲，上海松江人，作品发表于《诗刊》《星星诗刊》《诗探索》《北京文学》《上海诗人》等刊物，有作品入选《2011年度中国诗歌选本》等。

娜仁琪琪格

额日布盖大峡谷

修炼了多少世,才能到这里
太阳照在额日布盖大峡谷
月亮也照在额日布盖大峡谷
深秋的戈壁滩,野茫茫的苍凉
深秋的戈壁滩,无尽的荒芜
远去的驼群,扬起尘烟

我们来到了额日布盖大峡谷
你看你看那月亮的脸
你看你看那太阳的脸
它们同时照耀额日布盖大峡谷
仰头就是
重重叠叠的万卷经书
火红起来的万卷经书

娜仁琪琪格,蒙古族,出生于内蒙古,长于辽宁朝阳,现居北京。中国作家协会会员,国家一级作家,大型女性诗歌丛书《诗歌风赏》主编,曾参加诗刊社第二十二届青春诗会,著有诗集《在时光的鳞片上》《嵌入时光的褶皱》,诗集《在时光的鳞片上》入选“21世纪文学之星”丛书。

南　鲁

我终会让你找不见

暖风啄开了我的硬壳
我如水雾一般在田野上散开来

上一刻,我逗留在一声清脆的鸟鸣上
再往前,我在河面上打了一个旋,顺势流了下去
这一刻,我倚靠在一片玉兰花瓣上,诵读诗文

除进入青翠的佘山内部时,略略用了些力气
我几乎能进入大地上的任何物体
我轻易就掌握了分身术
我热爱什么,什么就会成为镜子
终有一天,我会分散得让你找不见

我与自然同在
想见我时,你可以在任何地方召唤我
不管你是谁,对抗自然,就是与我为敌

南鲁,本名王崇党,毕业于解放军艺术学院,中国作家协会会员,曾获《诗刊文库》双年度优秀诗集奖、上海作家协会年度作品奖等,曾参加第十四届全国散文诗笔会。

南南千雪

傲慢者

当三头狮子
长啸着、奔突着，跃上绝壁
苍穹便熄灭了灯盏
这是黑夜给傲慢者的赏赐
他可以低下头颅
用语言破译整个冬天笼罩着尘世的雾霾
“万物不在其位”
鹰飞升到巅峰
在巨石之间，为了新生
磨砺它弯曲的喙并把陈旧的羽毛
一根根撕扯下来
傲慢者在黑夜捧厚厚的雪清洗，因过于与世隔绝
毫无援助
在与野兽的搏斗中留下的累累伤痕
他发出压抑的嚎叫
在岁末岁首
宛似祷告
在尘世最柔软的地方，跌跌撞撞地回响

南南千雪，陕西镇安人，现居西安，先后有诗歌、小说、散文等作品发表于《湖南文学》《诗刊》《延河》《飞天》《诗潮》《诗林》《芒种》《西北军事文学》《延安文学》等刊物。

宁小牛

秋日一刻

午时,陷进幽处
以嘶哑的蝉声入药
暗伤旧疾隐退
落叶吭地,乳汁充沛

一只麻雀弹云揪风
立于脚边
旋即弹上枝头
四野尽香、尽茫、尽空旷

水经过脸颊,列成方阵
静谧、窒息、躁动
越走越近,轻如游云
只一片在怀中,已足够

宁小牛,原名刘晓林,湖北随州人,海南省作家协会会员。现居海南海口。

宁颖芳

鱼刺

不吃鱼，就避免了鱼刺卡喉的危险
当然，我和鱼之间
也没有饵料、钓竿和垂钓之术的纠葛
鱼在水中畅游
我在岸上行走
当我低头看水面时
只有涟漪在无声地涌动
偶尔，听到鱼刺的消息
是在别人的喉咙里

宁颖芳，女，陕西岐山人，中国作家协会会员，咸阳市作家协会副主席，著有诗集《红指甲》《雪，或者爱情》《虚构的风景》《倒影》，散文集《纸上独舞》《补丁》《花半开》。

彭　桐

多想配个太阳在身边

早晨，我只需半碗鸡蛋面
母亲却盛给我一大碗
中午，我只需开胃小菜
妻子却捧出一大桌美味佳肴
人约黄昏之后，我只需一杯清茶
朋友却端来多年窖藏美酒

在爱的面前，我乖乖缴械投降
臣服在生活的君王脚下
就算是鸟儿有翅膀
我也飞呀飞不高、飞不远
始终像是在爱的旋涡中幸福打转

我多想，影子是另一个我
好把多收的爱分给它
看到有人加配秘书，有人在换大容量手机
我又想，能找到一个超级爱的接收器
最好，是给我配个太阳——
随时把多余的爱和温暖储存进去
再以光的形式
洒给所有渴望得到爱和温暖的动物和植物

彭桐，海南省作家协会副秘书长，海口市作家协会常务副主席，海南诗社副社长，出版诗集《爱的传说》等。

平凡人

老村

1
没有退路了
你所携带的源头
复活又死去
时间像真理一样
尽是耐心

2
一张张脸被树木取走
夜晚的寂静
越积越厚
每一次的慌乱
都先于战栗抵达

3
更像是某种多余的
愧疚、痛感
阐释深刻性、必要性
牵挂之物
最终子虚乌有
记忆的钢轨
如同无用的悲伤

4
只有荒野
容得下任何命运的安排
难忘的，在其深处
抹去的，让镜子的存在
毫无意义

平凡人，原名石建国，江苏溧阳人，诗歌刊于《诗刊》《星星诗刊》等。

蒲素平

哦，我的草原

她是爱我的，你看
草从大地上站起来，晃晃悠悠
云朵是生动的，一次次
逼近人生的秘密
空中有雨
像一首颓废的诗，一会儿下一会儿停
八百里之外，山河辽阔
而我所到之处，诗人高居广场
目光如火，燃烧的语言成片成片地喊叫起来

她终究是爱我的，你看
那丛倒立的草，在空中越长越高
欲成为草间之王
成群的云朵，变成牛羊
露出祥和的眼神
长调一旦唱响，就卷起风沙
在人世间狂舞

这辽阔的草原啊
先人留下的脚印，都已消失
唯爱情留下的传说，在风中奔跑
时间的窄门，万物出出进进

唯有我仰面躺下，此刻
把草原当成了故乡

蒲素平，中国作家协会会员，河北评论家协会理事，河北诗歌研究中心研究员，著有《大风吹动的钢铁》等多部作品，作品曾入选多种诗歌、散文诗选本。

圻 子

枯蓬记

枯蓬落于山间、水间、田野间
我想加入一些流传下来的诗句
让它看起来像我们的诉说
比如“翘翘错薪，言刈其蒌”
事实上我曾刈下那些枯死的草
将它们捆扎在一起，背回村庄，用作灶膛之火
我也曾拨开草丛，探寻一种体态娇小的鸟——
那是一种鹪鸟，建巢于芒草深处
在荒僻旷野听到它的鸣叫，简直是意外的惊喜
秋风里的枯蓬，凌乱、失意
恰似众多生命写实，寥寥几笔
落于山间、水间、田野间
抖抖索索，所谓的孤寂
正跋涉故旧山河而来

圻子，本名曾建平，江西瑞金人，中国作家协会会员，著有诗集《时光书简》、诗合集《江西九人诗选》。

青蓝格格

此生

此生，只有一个男人让我怀孕
我还记得，发现自己怀孕时
我悦耳的尖叫声……
那尖叫声啊，就像泉水叮咚
那尖叫声，禁不起衰老，就像我迷人的眼睛

此生，我只有一个孩子
我一直铭记她呱呱坠地时刺耳的哭声
那一刻，我幻想
终于有什么熟透了……
仿佛之前，除了我一个人，从未有另一个人诞生

此生，我用节制的觉醒崩溃过
此生，我将苍苍碧色深深掩埋在草莽之中

此生，我也有良田
但我从未理会它是郁郁葱葱还是寸草不生

此生，我深知但我
始终未知的此生啊
我挥霍了你，你却从未将我当成忘恩负义之人

此生哦此生，就让我再次成为
你的孩子吧……
当我想长眠的时候，你要记得轻轻将我唤醒……

青蓝格格，中国作家协会会员，作品散见于《人民文学》等刊物及年度选本，著有诗集《如果是琥珀》《石头里的教堂》《预审笔记》等。

青柳含烟

孤独之美

晚年的托尔斯泰
喜欢把灵魂藏在日记里
孤独的时候,就找它倾诉
而我确信一首诗里
一定也有揭去遮羞布的灵魂

就像我确信,孤独之美
胜过周围很多事物
那些被刀、被雪所伤的皮肉
在伤口的痛处,要么结痂
要么也“长出新的翅膀”

生活是左岸
我受到的教育是右岸
一条破绽百出的河流
总是左冲右突
我对灵魂所倾吐的一切
全在一首诗的留白处

青柳含烟,本名刘晓燕,湖南双峰人,作品散见于《散文诗》《湖南诗人》《诗歌世界》《新教育》《短诗两百家》《威宁诗刊》等刊物。

青小衣

自画像

磨刀人在打磨一把老刀
满脸锈迹,刀刃上,只剩下半寸锋利

这把曾经崭新的刀,出鞘那一年
带着很多奢望,曾想一刀打下个太平盛世

刀在石头上发出快乐的尖叫
水从指尖滴下来,舔着刚磨出来的新刃

磨刀人始终沉着脸,额头挂着汗珠子
只把浑身的力使在双臂上

锋刃废过几次之后,刀身越磨越薄
低头磨刀的人,一辈子也没有砍斫的机会

那些刀客,怀揣绝世刀谱,刀法出神入化
最后都退出江湖,隐身而居了

我神情恍惚,有时是那个磨刀人
有时是那把刀,有时是那块磨刀的石头

青小衣,中国作家协会会员,河北文学院签约作家,鲁迅文学院第三十二届高研班学员,河北省“十佳青年作家”。作品散见于《诗刊》《中国作家》《钟山》《作家》等刊物,著有诗集《像雪一样活着》《我用手指弹奏生活》等。

青 玄

云

九月，别珍套山连绵起伏坐满了云
每朵云都是一个身披袈裟的灵魂
雨是无字天书
每一场降落，是探视
也是救赎
伸出手就能触摸佛光的脸

云站得那么近，带着自己的影子
低着头的羊群
拨开落满草尖的
晦暗
用牙齿咀嚼着蒿草、骆驼刺幽闭的苦味和
泛白的咸涩
将自己埋在更低的云中奔跑
羊蹄下的砂子汇成蚂蚁的巢穴

在这儿，云站得那么近
下降的风景在慢慢上升的目光中显现
仿佛认真地在此多呼吸一口山野之气
就能穿过壁立于胸间的
千仞之山

青玄，本名李雪梅，新疆作家协会会员，曾获第十届中国天马散文诗奖，作品散见于多种期刊，以及入选多种年度选本。现居新疆博乐市。

清　岚

秋

想比往常来得更安静些
秋天却来了,不知不觉中
一片叶子在风中飘舞
盘旋的美
用于想象这个季节的浪漫
于是我挤进虚掩的门
在狭小的空隙里
看见落叶正在一片一片地舞蹈
整个的蓝天
着地而起

漫步秋天
身体里涂满了果酱旖旎的味道
到处都是喃喃的呓语
风掀起一道道口子,吹动整片秋林
追赶着深蓝的物体
仿佛
看见群山在尽情地舞蹈着,身姿翩翩
仿佛
我就是那一片五角花瓣
为秋天而
生
为秋天而
落……

清岚,浙江省作家协会会员,浙江绍兴人,现居杭州。喜欢诗歌,游离在诗歌间,简单快乐地生活着。

鱼群轻漾浩大的剧情

下半夜的火烛是影子的秘密
对黑夜的热爱来自于遥不可及的未来
走过的山丘和腐朽的塔楼
而夜风，愈见仁慈
夜风用一个声音朗读出生和死亡
朗读今晚消隐的星

湖水经历着火烛和影子的秘密
鱼群轻漾浩大的剧情
从斑斓的夜空往下俯瞰：
一个躯体颤抖着穿过了一面墙壁

清水，本名朱红丽，上海人，出版个人散文诗集《水的声音》、诗合辑《*poems of wusuzhen yue xuan & qing shui*》2部，曾参加第十六届全国散文诗笔会，获第八届冰心散文奖。

权生兰

秋帖

这样站立着多好呀
此时，事物分明
青稞、麦子，向众生
点头、致意
并邀请这酉时的雨水
尽欢
一滴、两滴、三滴过后
灌浆成激动的面色
或黄或赤
疑似一盆柴火怀揣在心里头

站立着多好呀
此时，事物分明
我们要在这高过尘世的梯田上
层层叠叠地吆喝风、吆喝阳光
由远至近
像种子再一次接近大地

权生兰，女，青海大通人，喜爱并自习诗歌，偶有作品发表。

如　风

在庙尔沟佛教遗址

他们，都远去了。

哈密四世回王的英姿，远去了。
有着九重围墙的行宫，消失了。
佛寺中那暮色里的诵经声，也远去了。
连同春天里一树一树的杏花，
经历了几场风雨后，
也消失在泥土里了。

历史的尘埃，
正透过阔大的核桃叶的缝隙，
将这世间浮云一眼看穿。

如风，本名曾丽萍，新疆第七师作家协会副主席兼秘书长。有作品入选几十种选本，偶尔获奖，著有散文集《那时花开》、诗画集《空中草原·那拉提》。

若荷影子

雪祭

为了不让它们尽早逝去
在阳光未曾归来之前
我已把它们扫在一起
筑成一个个小小的山坡
像一座座小小的雪山
盛开着一小朵一小朵纯白的雏菊

然后，我静静地站在一边
等着阳光爬到它们的山头
看着它们一点一滴地退化、缩小
剩下已经染成黑色的残骸
看着它们一点一滴地从固体化成液体
从液体化为空气的虚无
升腾去了天空

我没有哭泣，也不需要悲伤
始终静静地站在一边
淡淡地，仿佛在观看
自己的人生

若荷影子，原名胡夏勤，江苏苏州（吴江）人，江苏省作家协会会员，中国诗歌学会会员，著有诗集《姑苏诗影》《黄鸟》《蓝》，作品散见于《诗刊》《诗歌月刊》《中国诗歌》《星星诗刊》等各类报刊。

若 兰

所以端庄

那是一种极其尖锐的声音
多少人的视线被拽着拐弯
看向她
看她身边怯怯低着头的老农

涂满红色指甲油的手指
一戳一戳地在空中肆虐
头上的山茶花发饰
随着声音的起伏,一颤一颤

阿姨,你的发夹掉了
声音怯怯如不敢抬头的老农
滴溜黑亮的眸子
却足以击溃一切喧嚣

一缕头发在额前散开
兀自晃着
遮住了她半边脸
精致而立体的妆容,有些模糊

接过山茶花,置于掌心
迟迟,不见她别上高耸的云鬓

若兰,本名涂军兰,女,以网络写作为主,获过一些比赛奖项,作品散见于《江西日报》《信江》《墨池》等报刊及一些公众平台。

桑　子

恰如其分的灰

要当心光明与黑暗之间
那个叼着烟斗唉声叹气的人
他在大地褶皱处潮湿了眼睛
又在阴影里看清了事物本质

到处都是战斗的气息和不可限量的勇气
只有少数人仍保留着暴风雨般可怕的固执
刺探着不明所以的春天
有一天,我们坐着火车
挨着金黄的山脉缓慢地行进
穿过落日

那是我们一生一次的流浪
我们小心翼翼地剔净深海鱼身上的刺
佐以伏特加烈酒
烦心事总是有,春天正四处找寻
一个洁净、光线充足又色彩鲜亮的地方
安放伟大的智慧

目睹荒原上的一场大雪
目睹大鸟迷路
目睹一条河流入一只空酒瓶
太阳饮尽这瓶酒就冉冉上升
那么广阔,那么孤单

桑子,中国作家协会会员,著有诗集和小说10余部,曾获李白诗歌奖提名奖、滇池文学奖、《文学港》年度奖等。

沙　蝎

大雪

银色舞裙给冬天带来暖意
我看见的树身是
姑娘美艳绝伦的裸腿
晃眼在曼妙中,我像觅食的斑鸠
扒开地上遗落的一层层鳞片

循着那条黑色的道路
我听见田野从慵怠的梦中醒来
坎土曼和冻土的交响乐并不美妙
但让人振奋

是的
谁拥有此刻,谁就拥有万亩福祉
谁在大雪天心痛,谁就能得到上天的眷爱

分开雪幕,我看见暖饭盒
正朝这边扑来
尽管大雪覆盖了此刻
但她美丽的眼中的道路
依稀可见——

沙蝎,原名唐云,中国诗歌学会会员,兵团作家协会会员,鲁迅文学院第二十四届高研班学员。主张写诗从低处出发,从现实、民生、生存等入手,作品主要发表于《诗刊》等。

佘正斌

灵魂走失在父亲的天堂

有一种锋利，是永远跳动在
胸口上的刀刃。我的眼泪
在岁月来临前，就已经伤痕累累
不是为了内心存留的积雪
也不是为了折叠在手掌中的爱情
一些舞蹈，要么神性，要么卑微

生命的虚空，让一些灵魂走失的人
横躺在时间的太平间
今夜，故乡的表情，大惊失色
一些被风雨敲打的魂魄
卸去伪善的外衣，赤身裸体
我服下父亲前世为我准备的一剂良药
我的思想如同一条没有翅膀的鱼
翱翔在万里星空

一些疼痛，折叠成时光的结痂
在澎湃的泪水中，不能自拔
有顽固症中的失眠，有流血中的伤口
有刀光剑影中的落魄
一场春雨，下得惊心动魄
今夜，我的灵魂走失在父亲的天堂

佘正斌，笔名坤明，海南省作家协会理事，著有诗集《如果爱着》、评论集《漫歌且行》，诗文散见于《人民日报》《诗刊》等。

沈木槿

悬索

这排扁豆的藤蔓已爬到篱笆顶上，
稚弱的藤须游弋在空中，
似光束在茫茫太空徒劳地搜索，
团团打转，又跌回至原处；
又似细弱嗓音一声声的呼救，
渐至气若游丝。
而越来越勃发的花叶，
将使其越发沉重不堪，
最终颓然，萎缩着跌垂下去缠缚自身。
唯有靠近龙眼树的那一株，
犹似奋力一搏，
攀上了枝头垂落下来的一截去年已枯死的藤，
哦，那是它祖辈世代积留的余荫。
你看这新藤缠绕着霉朽的枯藤，
如沉寂中扯得紧紧的线，
叫人看着简直怕随时要绷断。
而某种类似于电流的能量正无声输导、传送，
它要尽快攀过这段枯朽的悬索，
独个儿杀出空无去。

沈木槿，出生于浙江桐乡。著有诗集《冬天的品质》(2001年出版)、《在纬度的温差里》(2004年出版)、《溯流》(2016年出版)。近年徙居于闽粤。

盛丽春

当黑夜劫持了灯火奔跑

"流星坠落平原后
会很快起身,
变成别的事物"。*
读到此处,像是对应此刻的心跳,
一只黑色的小飞虫降落书页,
巡视纸上的江山。
读书的女人鼓起腮帮,
"飓风"带来消失,
剩下某个念头摇晃在空气中。
黑夜劫持了灯火奔跑,
消失的事物重现,
黑衣的勇士劫持了梦境奔跑。
中年的肉躯和微小的黑虫交换身体,
并很快起身,扇动小小的翅,
飞向刚刚坠落平原的流星。

*引自马新朝的《夜行人》。

盛丽春,笔名莲心,女,热爱诗歌,在赣东北小镇安静地生活,作品偶有发表。

石立新

暮色中，十万只飞鸟迫降

暮色动荡，秋风如杵，终于——
蜿蜒的湖汊，苍茫的芦苇丛，耸出削瘦肩胛的岛，
马达的突突声……越来越近，
苍茫的席卷之物，想象的企及之物，
这些你们喜爱的、熟悉的、想要亲近的面孔，
每一张，都留有被大风用力抱过的痕迹。
鄱阳湖，或者西伯利亚，
地理意义上多么遥远的两个地名，
被强大的飞翔如情人般地拉近。
东方白鹳、天鹅的鸣叫像自鸣钟的钟声一样，
在天空的腹部亢奋地滑行，灰鹤如芭蕾般地站立。
十一月，在空荡荡的滩涂虚位以待，
鸿雁、豆雁、绿头鸭们铺陈如暴雪，
喙尖切开气流的凛冽，十万只飞鸟骤然迫降，
看久违的眩晕感漫过湖面，声带渐渐发热……

石立新，男，出生于江西鄱阳，上饶市作家协会副主席，鄱阳县作家协会主席。

霜扣儿

孤灯

诗歌太浅了，无法放置我的意愿
在宫殿与尘埃之间
古老的灯光早已灭掉。古老的我
也将从时光的背影里消失

墙头的荒草弯下身子
它逝于风的族谱——在生死轮回里
主宰者都是无形的

相同的晨钟，不同时刻的日出
这一生要推拿多少次惊喜与惊恐
才被淹进平淡无奇的源头

雪落个不停。有人走上亭子
去看远方风景，有人从远方归来
惯常的画面，没有些微颤动

一年又尽。旧事积如雪冢
新事飘如烟岚，沉默的心背离熔点
多少铁质之忆因恒久而孤独

只有雪知道，覆盖是暂时的
有一天大地流出眼泪
人间会露出伤怀的骨头

霜扣儿，黑龙江人，《中国散文诗——百年大系·云锦人生》主编，《诗》主编，《关东诗人》副主编，作品多次获奖，著有作品集《我们都将重逢在遗忘的路上》《你看那落日》、散文诗集《虐心时在天堂》《锦瑟十叠》(5人合集)。

乐园

或是我去过的地方

你们吻过我
而捡起清晨的
是我的爱人

饮食中
你们吻我
我有盘子与碗
解救者:我们围坐在一起
你们吻我在我的饮食中

一切都很公平
阳光曾经在树木中
我曾经在走失的线条上

推门而入吧
清晨
蜂蜜已酿就

水印,出生于甘肃静宁,现居兰州。

苏 军

雪花把我变成战士

这些雪，很懂事
穿过整整一个冬天才来到
挂在即将返青的枝头，静静的
像一个等待回信的姑娘，在窗外

不要把她们推进排水道里，地下很黑
更不要在她们身上撒盐
有些伤口看不见，也不流血
或者血是另一种颜色，只向里面和深处、暗处流淌

铁锨锋利，扫帚如鞭……
再冷也要用手亲自摘取，一朵，一朵
把它们一一聚拢在树下吧
一棵日夜孤独的树，一棵弯了也要活着的树
天地之间，树是一次永恒的连接
百年如箭也好，一生如弓也好
即使分分秒秒都绷得紧紧的
对每一个天使都会用浑身的力气擎着、呵护着
让广袤的大地、心中的国，两个世界折叠

默诵一曲《葬花吟》，完成一场红楼梦
清唱一阙《沁园春》，今朝别样忆风流
一朵，一朵，每一朵雪花都让我酸酸甜甜
更让我变得凶猛，如保卫疆土、坚守阵地的战士

苏军，中国诗歌学会会员，山东省作家协会会员，现为《环翠文艺》执行主编。

郜 筐

浣花溪记

此刻,我虚构了一只白鹭
它正从浣花溪升起,在我的凝视中
越飞越高,最终散成一团白雾
我一点也不觉得惆怅,现在从眼前消失的
未必不会在梦里回来
我们总是过于迷恋现实的那一部分
站在万里桥上远眺,红尘滚滚
车流、人流交织成一个绝望之境
从青羊宫到浣花溪,月光斟满
每一个梅花的酒盅
饮悲苦岁月甘之如饴
石狮子也会烂醉如泥
浣花溪水浊兮
曾洗过游方僧人的袈裟
浣花溪水清兮
曾洗过历朝游子的心
我还要虚构一叶舴艋舟,穿过历史的云海
去载那些尚未消散的别恨和离愁
我分不清哪一缕风是现在的
哪一缕是从大唐吹过来,那些消失了的
也许只是换了另一个形态留下
我要给溪边的事物重新命名
譬如瘦竹形态的杜甫、青梅形态的陆游
和木芙蓉形态的薛涛
至于花心的元稹,就让他化身鹅卵石
铺满浣花溪旁的每一条小径吧

郜筐,山东人,现居北京,首部师范大学年度驻校诗人。曾获华文青年诗人奖、泰山文艺奖、蓝塔诗歌双年奖、诗探索·中国新诗发现奖等奖项,部分诗歌被译成英、俄、日、韩等多种语言。

太　阿

问道记

从重阳宫走出来，他望不见秦岭，
终南山的道士从山上下来朝拜祖庭。
九百年钟楼鼓楼、一百年灵官殿、十年塔，
一个蓦然而至的过客规划重构一座庵，
以及三生万物的古镇，
与石龟上皇帝的赐碑统一。
但终隔一层玻璃，不识八思巴文，
幸有赵孟頫的手迹让屋顶漏下光。
后花园的石棺让心收紧，绿色的葫芦正在生长，
他想象有一天将它们挂在腰间，
装满酒与故事——
比如昨晚长安城的通宵欢歌，
今天来时路上葡萄架下的女人，娇嫩欲滴。
他也想把自己的头发高高束起，
“往山中云深处走”，他对司机说。
于是看山，一片白茫茫，间有水潺声。
他想起渭河，楼宇万重烟波无。
地下的事物大多不可知，
他对土地上的果实和花朵更在意——
石榴、柿子树、紫薇、荷花，
仰俯间天空的闪电如一列高铁，
这一站西安，下一站华山、洛阳……
不解密语，也没留下脚印，
更无法援引王重阳的话。

太阿，苗族，湖南麻阳县步云坪村人，著有诗集《黑森林的诱惑》《城市里的斑马》《飞行记》《证词与眷恋》等，曾受邀参加第三十七届法国巴黎英法双语国际诗歌节。现居广东深圳和北京。

谭克修

废墟

为结束和一个虚构的人的争论
我下楼,走进黑暗中
发现一片废墟
像地毯,在脚下一路铺开
随着电梯上楼
替换了客厅和卧室的地毯
早餐后,不再理会股票的死活
下楼去调查废墟来历
万国城的房子和道路都是新的
十余辆黑色婚车排成一字形
去接一个穿白色婚纱的新人
旁观者喜气洋洋
谈论一场世界杯赛事的裁判
吹掉了所有无意义的进球
围墙东侧,是一个衰败的村庄
墙上写满“拆”字
一群人在樟树下搓麻将
一片荒草热情地随我四处走动
带我来到万国城围墙根
围墙是新的,也被写了“拆”字
我发现,这并非恶作剧
围墙的设立,也是为了倒塌
当围墙终于倒塌
围墙东侧的人,将在我的位置
探过身子,被西侧的荒草接待
在废墟里寻找我的踪迹
但他们什么也找不到

谭克修,出生于湖南隆回县古同村,毕业于西安建筑科技大学建筑系。20世纪80年代末学写诗,大学期间开始活跃于诗坛,曾先后获得民间巨匠奖、中国年度诗歌奖(2003年)、十月诗歌奖、首届昌耀诗歌奖、中国独立诗歌奖特别大奖、2017年度批评家奖等,著有诗集《三重奏》《万国城》。

唐 月

式微

我儿时磕掉的半颗门牙
还在痛
在老屋的老房顶上
与那些荒草一起痛
以村庄缓慢的风速

那些漆黑的夜里脱掉的黑发
还在生长
在不为桃木梳子所知的
某一夜与另一夜
一夜一夜尾随贫血的月色
白过来

麦芒还在为自己一针针地针灸
我遗失的马掌和鞭梢
还在找寻我的老路上
迷路

今夜,所有的故事都微张着眼
故乡已没有故人

唐月,一个惯于给沉默分行的人,作品散见于《诗刊》《诗选刊》《山花》《星星诗刊》等文学期刊及多种诗歌选本。

陶雪亮

鸟鸣图

如今,它们就栖居在我的记忆里
我想什么时候听到
它们就什么时候出现
即使在暴风雨中或深夜里
它们无所不在,在上四周的山林
大多时候,只闻其声,不见其影
只有麻雀的身影是熟悉的
它们跳跃在矮墙上、窗外的树枝头
或者成群变成电线上的音符
其实,在垄上,一天中,也只有几个瞬间
能听到这种美妙的天籁之声——
其他的时间里,都已熟听无闻
可就是这几个瞬间,不动声色
构成了生活的诗意

陶雪亮,出生于浙江缙云,现居云南丽水,浙江省作家协会会员。作品散见于《诗刊》《中国诗歌》等刊物,多次获省、市文学大奖赛诗歌奖,有作品入选《中国新诗年鉴》等多本集子,著有诗集《清风吹我衿》,另出版报告文学集4部。

田 暖

落日

它剩余的辉煌,把夕光的长针
深深炙入人们的眼睛
道路上满铺着黄金
和它的灰烬

这是明亮的时刻,但不是最后
这是温暖的时刻,但不是最后
在下一刻,它是辛波丝卡的海参
在危险中——

“它暴烈地把自己分成一个末日和一个拯救,
分成一个处罚和一个奖赏,分成曾经是和将是。”

到底,你爱不爱它
到底,你爱不爱我
已无关紧要
我将像你一样,坠入它预设的深处

足够黑
足够光明
足够喷出世间的隐喻和神启
正如足够我们活着,在它转身时拖曳的灰长裙里

田暖,原名田晓琳,中国作家协会会员,第三批“齐鲁文化之星”,曾参加诗刊社第二十九届青春诗会,鲁迅文学院第三十一届高研班学员。诗歌散见于《诗刊》等,著有诗集《隐身人的小剧场》《如果暖》《这是世界的哪里》等。

汪其德

山中记

哗哗的流水
像秋天的脚步,走得那么急
带着一片片落叶
陷入思想的旋涡

陪着我的那朵白云
离开山顶,终于飘远了
一丛野菊花点亮山坡
把我内心的坡度逐渐拉长

是九月的阳光
磨亮了青稞古铜色的箭镞
经历过一夜初霜
草木的命运,有了沧桑的颜色

风吹草低处
花落了多少,我不敢细数
和艾蒿在风中交换着秋天的心事
一半苦涩,一半清香

烟岚裹着山顶的小庙
菩萨没有告诉我秋天的含义
野雉叫了三声
被栅栏圈着的黄昏飞走了

汪其德,青海省大通县作家协会会员,作品散见于《网络诗选》《世纪诗刊》《甘肃广播电视报·武威周刊》《天马诗刊》《胡杨》《老爷山》《酒泉日报》《诗歌周刊》《红尘》《山东诗人》《湟水》等刊物。

王 妃

悬棺

我们乘坐的竹筏随水势下行
缓慢而轻快
九曲溪水清凉,托举着
我们在蓝天和峰峦的倒影里
洗涤浑浊的眼神

壑壁悬在额头
崖缝间
探出散落的乌木——
一定是哪里出现了断裂
古老的现实,异化成现在的谜团

活下去！背负着使命的蚁群
被迫抹掉一小截记忆
当江山的阴影被大好阳光挪移
它们伸出枯瘦的脚丫
急于和竹筏上的后人在溪水里相认

王妃,女,安徽桐城人,现居黄山,中国作家协会会员,出版诗集《风吹香》《我们不说爱已经很久了》。

王国平

往事

你能不能把那些走过的路
叫作陌路
你能不能把那些爱过的人
叫作旧爱
你能不能拦住河流、风、稻香
大地的露气和每一枝盛开的花朵
把她们一一叫作爱人

你能不能说
就把我葬在那些美好的时光下面
只留下一根倔强的指头
去赴一个无期的约会
去挽住一个女子渐渐远去的身影

一切都是往事
一切都是在雪亮的刀刃上行走

王国平，四川江油人，中国作家协会会员，著有诗集《挽歌与颂辞》《琴歌》(《70后诗歌印象》书系)等10余部，作品入选多种选本。

王可田

早年的火车和煤矿

早年的煤矿
传出火车的叫声——

火车火车，美丽的人儿在喊谁？

旧时代的蒸汽机
拖挂黑漆漆的车皮——

火车火车，美丽的人儿
你是远方的情人，换上火红的嫁衣

一座煤矿剧烈地咳嗽，翻身
吞吐暮年的烟尘——

火车火车，美丽的人儿
你一路领略黑色的抒情，浓密发辫
被风解开，火红的嫁衣被风鼓动

在一个叫"鸭口"的小站
你要停下来
用你温情的嗓音一遍遍呼唤——

小小少年，莫要悲伤
怀揣你的褐色故土、绿色童年
我们一起去远方

王可田，陕西铜川人，陕西文学院签约作家，出版诗集《麦芒上的舞者》《存在者》《诗访谈》，曾获鲁藜诗歌奖、延安文学奖、陕西作家协会年度文学奖、陕西青年文学奖等。

王 琪

时间之伤

马车去往天堂
鸟声和我却在春天相遇
那些苦楚，我必须一一记下
用于驱走午后的雾水
沉浸成早年模糊的印痕

我是如此不安
一直用风声倾听，借雨水倾诉
人世间，荒凉之词轻漫
经过空阔的傍晚
最终，无情地融进还乡河的落日里

还想和你平心静气地说点什么
看看这异乡的小镇
这轻薄的一生
一如花瓣自眼前翻飞、凋零

如果说你和此生还有某种约定
那定然是时间之伤带来的一次疟疾

王琪，中国作家协会会员，出版诗集《远去的罗敷河》《秦地之东》《落在低处》等。现居西安。

王 琪

丹顶鹤腾空而起的瞬间

丹顶鹤以隐士姿态腾空而起，在它身后
是无数平庸者仰起的头颅和赞叹
生活里，他们绝少仰望，也很少低头
因为那将面对高高在上的什么和自己的内心
有那么一刻，世界轻微摇晃了一下
扑棱棱的振翅声，来自很多人无法说清的内部潮涌——
接纳和传递、消融和生发、暖和凉
“在同一物质现实里合一”……
有人提到了坍塌、山河家国、一梦黄粱
还有人说起城市的潦草与弊端
算计、谋划、现代焦虑、烈酒、午夜的不眠
辽阔的星空下，这些不过是也只能是：
鲁酒太薄、汶水断流、齐歌停歇
的忧伤

王琪，女，中国作家协会会员，作品散见于国内各诗歌刊物，少量作品刊于海外诗歌刊物，曾获得过数种地方性诗歌奖项，出版诗集《一寸欢喜》等。现居山东威海。

王文海

苍头河：还未被比喻过

河流按自己的想法布置春天
左岸拖着睡衣赤足走动
每个脚印都盛满了谷雨和农谚
右岸擎着酒囊在妆点婚房
古堡的一半被人疼爱着
另一半疼爱着别人
那时，流水刚刚穿过长城时
长城的眼神是新的
那时，我还没有爱上谁
我也是崭新的
天空还没有被比喻得这么蓝
季节是纯木的，河流是纯银的
我把暮色装在衣袖中
黄昏是纯属虚构的
那时，野花还没有名字
牧羊的你还未出嫁
长城下，我们见了面
还未说过话

王文海，山西山阴人，浙江大学硕士研究生毕业，现任职于中煤平朔集团。中国作家协会会员，山西省作家协会全委会委员，兼任山西省朔州市作家协会主席。曾参加诗刊社第二十四届青春诗会。

王孝稽

在镜前站了许久的他

和我一样，俘虏着对方的神志
瞬间隐现的黯然
与水下一盆睡莲的叛逆
叠加成一种凝视
他的坚定与怀疑，难以出逃
只是心照不宣
无法跨越的界河，一束光芒阻挡其中
镜子的悖论，包容所有空气的
哀悼

“看着我吧”，他在空中划过沉默的弧度
曾经的水中月、镜中花，穿透词语
梳妆镜前，除了端正衣冠，为爱与渴望
爬上轮廓，泛出疲倦的红光
一切都是徒劳
人群中，所有的目光，表面光亮
内容深邃、冷峻且犀利
拒绝或遮蔽，赤裸的视觉秘密
谁在制造光流出彩、水熬成珠

废墟里突然袭来一池水镜
映照万物的汹涌、尘世的孤寂

王孝稽，中国作家协会会员，出版诗集《南方叙事》《休假书》，曾获浙江省优秀青年作品奖。

王运超

等待一场雪

其实，这雪没下之前
我们心灵的大雪已经覆盖
刷屏的节奏，远比北风凛冽
如同一场妄想中的硝烟
弥漫着来日

我突然想起了童年
想起了雪野里背着书包的
那个快乐的身影，在清晨
将脚下的“面粉”踩成咯吱咯吱的
悦耳的韵律

等待这场雪的来临
此时，等到的是孩子临时放假的通知
等我的深深寒意

一场雪
即将来临

王运超，安徽寿县人，安徽省作家协会会员，淮南市作家协会副主席，《八公山诗刊》总策划，著有诗集《心灵的绿地》《诗意淮南》。

王占斌

在悬空寺乘鸟飞翔

归来和出发其实是在同一个起点
我无法让自己停下脚步，在恒山翠屏峰
悬空寺垂下的一条天梯
让我将佛的心、道的影、儒家的行囊凝合成一条绳索
需要借助的，永远是内心深处隐秘存在的力量

我知道我的每一次攀登都很徒劳，我甚至察觉不到
北魏时代一根碗口粗细、立木的手，一直抓着我的好奇
抓住我的空虚和疲惫，抓住我小心翼翼的步履

悬崖依恋绝壁，一只或者更多只鸟唱和着绝句
顺着峡谷飞下去就看不见了，高处有高处的流水
白云偶然会把脸变得铁青，垂下的泪滴拍打着栈道
弯曲的键盘，这个时候，倾听比凝视更接近真实

在恒山，我宁愿悬空寺是一只展翅欲飞的大鸟
且把人世的疲劳和厌倦全部卸下，让轻松骑在鸟的大背上
赶在黄昏来临之前，逆流直入峡谷深处的云瀑

王占斌，山西省大同市作家协会副主席、大同市诗歌研究会会长。曾在《诗刊》等数十家刊物上发表过作品，著有诗集《倾诉北方》《像民歌一样行走》《闪电的幸福辽阔》等。

王长江

春天里

纸包不住火
小南风
这个三月派出的间谍,在一夜
传回一道密电:所有的绿
纷纷造反,已突破冬之围困

一些脚步开始发出笑声,围墙外
移动的速度明显加快
有少女已在树梢奉献青春
蚂蚁们张大了眼,为这猝不及防的人间春色

太阳升起,就收下一些温暖
也会有雨水落下,就从它身体里取爱
万物生发的季节
每一条愿望都将被善待

也会有云朵停在半空
给辽阔内心投下一些阴影,那就在云边种风
在阴影里种向日葵
在这万物生发的季节

王长江,男,江西鄱阳县人,作品散见于《诗刊》《诗选刊》《诗歌月刊》《绿风》《中国诗歌》等刊物。

陶渊明

一个人的东篱有点冷
云没有几朵，山没有几重
开荒的时候，时间过得很慢
带月荷锄，五斗米与腰宠辱不惊
旧故里，尘世的网晒着太阳
荆轲先上路，抵挡一会儿
饮酒必醉，写诗必孤独
穿过秋天的芦苇荡，再来三杯
活成一首独立的《归园田居》
在人生边上，“清醒的人最荒唐”

未来，本名马威，现居鄂尔多斯市。

魏东侠

无望的人

——读《无声告白》有感

莉迪亚死了
可他们还不知道
当他们知道的时候
莉迪亚早死了

她的小小善意仅够折腾十几年
这是临界点
她支撑不住一个太过倾斜的家
抑郁是她坍塌的归宿

我知道她冷
冷过夜船上的风和湖心的温柔
她冷她的
太阳照常每天升起

她最好什么都别说
只把伤害一次次葬在心底
假如她说出来
也不过是在难看的疤上做些记号

无望的人都是这样的吧
困进牢笼却再找不到哪怕最细小的栏杆
纵然疤上记号清晰
纵然那么多人假装骨肉般爱着

魏东侠，女，出生于河北省武邑县，作品散见于《扬子江诗刊》《汉诗界》等刊物。

魏　娜

大风吹

一夜大风，替我们扫了墓
风是清明的风，不带任何杂质

它有时由东向西吹，有时由南向北吹
把人们从年少吹到苍老，把生吹到死

但这风，又是成全的风
把活着不相识的人，死后吹到一块墓地
把原本疏远的灵魂，吹成亲密的邻居

风，其实解风情，解尘世密语
一阵风吹着另一阵风，如同人类
一个追随一个，一个送别一个

风，吹向人间
像抽打，又像亲吻
风，应该是变幻多端的乐器
弹奏着人间的满，也吹响人间的空

风，直来直去，它从天上来
翻过柏树、节气
翻过"我们古老而新鲜的泪水"
最后，向更高的天空吹去

魏娜，女，陕西陈仓人，陕西省作家协会会员，作品散见于《诗刊》《星星诗刊》《诗选刊》《海燕》《诗潮》等刊物，出版诗集《低语》。

翁美玲

梧桐花开着白

有过江海的浪涛
有过绿水青山的婉约
这玉质的纯净，绽开柔软的白
花枝相拥，多像相爱的人

坐在日暮的高处，看斜阳西下
而夏风，不请自来，给她更深的白
给她的枝叶染绿，用温暖抚摸

绕开春江八百里的润泽
缓慢向北，秋水依旧，在悬崖断壁处
春风又是一度

苍茫中，她绽开白之后的落地声响
和青春坠地的重击声
我远古的爱在开启时光的鳞片，一并落下
她不像雪花那般水灵，或者轻盈

峰回路转，她却没有回旋的余地
一生就白这么一次
春光，秋雨，或冬寒啊
她将含着冷握别这尘土堆砌的世界

她最后的光亮被捡起，异常的幽静
捧在我的手心，被我和另一位女子怜惜着
枝头空了，除了几朵暮云和晚霞
乍见些许的忧伤也被悬挂，那是我的

翁美玲，浙江温州人，中国作家协会会员，中国诗歌学会会员，著有诗集《果实之梦》《矛盾》。

吴海斌

入伏记

暑蝉鸣，大暑飞萤
我如仙客来一般埋身地下
而木槿和紫薇，次第打开枝条的关节

我用暗夜的墨水，书写白月
我在朋友的小城，一个人在树下数星星
用光了河边的桥孔，和它发出排箫的低音
我无法拆解颓废的古砖瓦

无人在意蝉蜕已经掏空
无人在意峡谷中的槲树已腐朽
空躯壳，被蚂蚁驮到毛茸茸的草叶下
也无人在意

而我还在添砖加瓦，虚构着一座城
我浪费了整个峡谷和跳出石头的泉水
我用山峰的容器酿好的破天汁液
被一只巨手从谷底抽走

吴海斌，男，山西黎城人，曾参加诗刊社第二十二届青春诗会，有组诗在《诗刊》《诗选刊》《星星诗刊》《诗探索》《诗歌月刊》《绿风》《诗林》《中国诗人》《十月》等刊物发表，作品入选多种年度选本，获《黄河》优秀诗歌奖(2005年)，著有诗集《冰在零度以下活着》《羊皮书》。

武强华

红柳林中

叶子密了就看不出它枝干的红
就像伤口，隐藏在暗处
疼痛不需要表白
风在吹，河道一直延伸
圆形的树冠紧挨着爬行的光——
暮色里，天际线同样需要传递孤寂

旧年的枝条太密，蛛网交错
暮年的胡须缠绕着
似乎隐忍比挣扎更适合生存本身
而非冲撞，非离弃，非理想主义

荆棘丛生，一不小心刺就会发出声音
外围高大的杨树行列整齐
树梢的嫩绿代表着生活的阳面
笔直的风吹过行间，恬然的春绿就会被复制下来

庞大的树林中，红柳琢磨着风向
有时，其中的一株佝偻着腰，也作沉默之状
犹豫着，速度……

武强华，出生于甘肃甘州，现居张掖。

乌云琪琪楠

回归
——写在感恩节

凶手或杀手
他们都在麦田里睡过

影子躺在露珠上
一小片的绿醒了
有时候醒了更像是睡着了
睡着了才可以安心地走
带着一个江湖或者拖着一条尾巴
选择杀人的人一定要想尽办法掩盖
痛苦一定要比暗下去的绿少
暗下去的都是幽灵
满世界地飘过，却没有一次
压倒过麦田

乌云琪琪楠，蒙古族，河北省作家协会会员，鲁迅文学院第二十八期少数民族班学员，著有个人诗集《零度浪漫》。

西 野

三月之歌

枯草深处,是谁
轻轻推开那道沉默已久的尘世之门
当黑暗中众草举起
让灵魂战栗的灯火
当三月里最初的蝴蝶即将启程
众树依次加入合唱
风吹长旅,吹灭碎石腐烂的印迹
吹烂平原上散落的朽木
吹凉人间的爱情
风亦吹着鹰的内心
大地的苦水喂养草药的孤独
而那长风永不停歇
鼓声亦不停歇——
彻夜敲打三月之苍穹
应着风声和鼓点而来的
当是远方的蹄声和
三月雷霆的阵阵胎动

西野,本名张树鹏,作品发表于《诗刊》《星星诗刊》《中国诗歌》《朔方》《飞天》《黄河文学》等刊物,并入选《宁夏诗歌选》等选本,曾出版诗集《青鱼点灯》。

小 荒

霸王别姬

我有江东子弟八千，但美人
独一个

请你们允许我，尚存雄心壮志之时
保留那一点对美的忠诚

我历经战争、背叛和道德的责问
现在，只想要一份宁静，如果死可以达成——

我愿和她一同离去，只望人间没有阻隔
情与爱的河流，世上再无霸王和纷争

小荒，浙江衢州人，有诗歌作品入选《中国年度最佳诗歌》《中国诗歌精选》等选本。

又见中秋

多年后，当我再一次咏怀月亮
已是又一个中秋
金黄的月亮悬挂在
墨玉一样的天空中
像一幅崭新的旧画

（那时我正从挂满红豆的树下走过
我的脚步正踏在婆娑的树影里）

这些年，我与月亮两相背弃
她不愿意见我在人世间的种种纠结
我不愿看她翻来覆去的阴晴圆缺

现在，我们冰释前嫌
她用她的微温推开了
笼盖四野的清寒
我用我尚且明媚的笑颜在月光下
种植了一地繁花

晓寒深处，本名范丽娇，喜欢与文字为伴。现居福建南平。

谢灵娟

活着

早晨6点48分
天很冷
我瑟缩着
坐在窗前的位子上
吃早餐

天还没有大亮
路灯下
孩子模样的少年
被一双无形的手拉长
书包也因此变得更大

北风呼啸
一片又一片黄叶
从天空降临人间
清洁工停下手中的扫帚
迷乱地望向空中

一群鸟在塔顶盘旋
大雪将至

远处的包子铺里
烟雾蒸腾
要给那些冰冻的鬼影
来点人间烟火……

谢灵娟，笔名徐吟客，安徽诗人，现居安徽合肥，《安徽诗人》编委会成员、“中国诗歌在线”安徽频道《诗讯》栏目版主。1995年开始写诗，诗歌、散文散见于《大学生》《飞天》《江南诗刊》《冷风景》《团讯》《星星诗刊》和地方报纸副刊等。

秀　予

流水钓

撒一把饵料,鱼寻香而聚
逐食争抢,唯恐错失这场盛宴

搓一粒蝇头饵料,包藏好钩尖
浮漂一沉,鱼儿轻易地被提出水面

水深两尺,饵料最多七米航程
对鱼而言,浑然忘了归途

渔护里,黑压压的一片是鱼
如囚徒一般,老老实实

上钩者无数,脱钩者少数
只需一把饵料,明天逃无可逃

秀予,原名李志华,江西德兴人。

徐春芳

窗外

窗外长日将尽
你的明眸留下斑驳的淡影

落日端上一道漂亮的甜点
当我们拥有甜蜜的初见

我们的灵魂会在何处安居
往事渐渐如老照片变得模糊

烦恼倾泻着瀑布的喧哗
月色在我身上留下多少白色的杏花

我和你曾站在赭山的古塔下
相牵的手攥紧了鸟鸣里的欢乐

钟声盛开着笑声,我们的幸福之地
如王维的笔端,把山水描绘得温柔而澄寂

徐春芳,安徽望江人。

徐俊国

和解：致人生百年

最大的屈服是与死亡和解
秋日是一把巨锁锁着自己
能锁到什么时候呢

开花的负担，可以卸下了
虚无缥缈的壮志
也可以交给流水去弹奏了

平凡之辈
没有什么使命不可以忽略不计
做一个无害到无用的人
用活着来表达今天
虽然略带羞愧
但这是卑微者献给世界的最高礼节

谢谢生命水到渠成
我在淡淡的光晕中柔和起来
大大小小的爱恨，流淌到我这里
形成了平静的湖泊

人生百年，大美无言
我渴望自己对称于夜空之浩瀚
每一颗星辰都噙着一场暖雨
人间苦厄多，加一点糖吧
我就此融化

徐俊国，笔名鹅小鹅，首都师范大学驻校诗人，北京大学访问学者。著有诗集《鹅塘村纪事》、诗绘本《你我之间隔着一朵花》等6部作品，曾获华文青年诗人奖、冰心散文奖、汉语诗歌双年奖等。

徐立峰

在厚吴村

像一场盛宴刚散
午后的那种静……
备感亲切，又
惆怅于无端流逝的那种美

我在时间古老的方法中踱步，沉思
谁
把热烈与阴郁
混为了一体

前方，仍有雕花木窗
送来警句般的旧

梁上老泥
墙角新绿
幽暗从走廊内部升起
到处弥漫着
前人远去的苍蓝色气息

心中悲欣，照得人清醒
活着，无非是
不停地迎迓与送别

灶间余温犹存
老藤下走过脱胎换骨的我

徐立峰，江苏无锡人。有诗作刊于《诗刊》《汉诗》《诗建设》《中国诗歌》《扬子江诗刊》等刊物，曾出版诗集《青祁路沿线》。

徐顺保

我歌颂的那只鸟

我歌颂的那只鸟，漂亮的鸟
是向江南飞的
它要趁着花香，把爱高高扬起
不再忍受孤寂和奇怪的叹息

白露裹着月色
它飞动的声音没有华彩
天黑，只是旧时光的死亡
栖身的场所依稀可见蝴蝶打结

继续向南，灵魂深处的玫瑰正诗意盛开
屋檐下的目光呢，如琴声温柔缠绕
不要惧怕窃窃私语
它们不过是一阵被囚禁的风

白色的羽毛，珍贵的情节
休想用雾霾遮盖它的动人之处
听到了吗？风铃声正沿着台阶向上
和我一起抖动全身的颂词

徐顺保，网名枫叶一样红，江苏溧阳人，喜欢诗歌的中学语文教师。

许 洁

一切都在路上

祷告声随乌石天后宫黑面妈祖屋顶滑落下来
下午柔和的日光,正适合祈愿反复萌芽
而此刻,后山的紫薇花已开始谢幕了
花瓣如浮尘,又如前山的朦胧暮色
偶尔打动我一路向北的豪华梦境

一切都在路上
每一口气都无法完整地穿过鼓志山隧道
哪怕你有意憋着
像憋住委屈、气愤、幸福、心酸、甜蜜和自豪
但另一口气,肯定在后面推搡
它们如排队等候的敬香者
心神难定

向前探首是今天唯一的安慰

许洁,男,出生于安徽宿松,安徽省作家协会会员,中国散文诗学会会员,鲁迅文学院安徽作家班学员,著有诗集《玻璃那边的风》。现居安徽合肥。

许玲琴

寂静中喧腾的事物

大海的寂静是喧腾的
喧腾是一种更深的寂静，是寂静的举重
拼尽全力
花朵在寂静中绽开
绽出一团或黄或红的热烈
如同纸上的墨迹
一束火可以压扁成白刃
思想插在凉意遍布的瓷瓶
不喜欢从里到外的麻木、冰冷、死亡
寂静是一种朴素，是一种修为
是母体，是创造之摇篮
喧腾是色彩、音符与力量
大自然和艺术都是寂静中喧腾的事物
天空之蓝上铺满云朵之喧腾
夜晚的黑里一轮明月在高歌

许玲琴，中国作家协会会员，湖北省作家协会第十届签约作家，曾在《诗刊》《星星诗刊》《扬子江诗刊》《诗选刊》等期刊发表诗歌，诗集《琴的左弦》获2014年湖北文学奖(双年)提名奖。

许烟华

在北方寻找竹林

在北方，我寻找一片竹林
桃林太妖，松林太暗
似乎只有竹林
才能将日子过滤得风清气朗

或者说一片竹林
就像一座恰到好处的城池
建于尘世之中
又逍遥于尘世之外
文人于此吟诗、纵酒
侠士摘尽竹叶
抱剑而眠

其实，在北方
我是多么不情愿
谈论这群腰杆挺直的君子
它们保持着对故乡的忠诚
在大雪和寒风中
集体殉节

许烟华，山东博兴人，鲁迅文学院第二十届高研班学员，中国作家协会会员，山东省滨州市作家协会副主席。著有《心影暴风》《烟华》等4部作品，编有中国第一部单年度诗人作品选《中国诗歌1970》。

雪青马

雨中钢琴曲

琴键安静下来，雨声又起
或者在栽有梧桐的街角，雨声从未停歇

你从钢琴面前起身，把声音还给琴

隔着门玻璃，我们的脸互为镜子
同时被对方的光芒照亮
怦然心动，首先是瞳孔在动

美的遇见从来都是猝不及防
我们的眼互为静默的闪电

雨中的钢琴练习曲
一张无声的脸，一幅画
身体是静默的琴声，肉身是有意味的

形式，用手指在潮湿玻璃上画出来
你就可以听见它的声音，闻到它的气味

一个练习钢琴的女孩，撑起雨伞离开琴房
琴房里顿时安静下来，仿佛所有的琴声
都已被她的身体带走

雪青马，浙江省作家协会会员，出生于江西赣州，现居浙江。著有诗集《爱上雪青马》（2007年，作家出版社）、《自然的神示》（2018年，上海文化出版社），有作品入选2016年的《诗探索年选》和2017年的《中国诗歌年选》等选本。

燕南飞

东风破

借我一场崩溃，祭奠一记铁蹄，暗自疗伤
落单的灯火于枯叶上打坐，大河尽头
有一卷经文漫过几把短刃

出关，借一张弓，饮一碗酒，血溅桃花分外红
四野沦陷，笑我尘埃里孤绝
白马是我的发小
呈上它俘获的伤痕和隐痛

我有十万座绝顶无人看守，我有八百里烟尘荒芜
风把一块顽石磨亮
血，匆匆滴落，不放过一条漏网之鱼
而河谷，还在收留鹰隼以及羔羊
落日如锤
只在大地边缘行走

东风劲，何处黄土不埋人
借我一座江山
我让它活下去

燕南飞，男，内蒙古作家协会会员，作品散见于《诗刊》《星星诗刊》《上海诗人》《诗潮》等刊物，曾获科尔沁文化政府奖等多种奖项。

杨 光

落日帖

所谓圆满通过沉沦完成
所谓头颅也不外乎一个叹词
我相信充盈天地的正气
也相信失声恸哭更胜于死前呼喊
而不相信有了火把就会有希冀
但相信黑夜带来的慰藉
我相信自然界伟力
而不愿意相信人的性质
不轻信一个人对另一个人的许诺
但相信一捧掏出来的心
相信绝世的美学、悲怆的身世,以及
义无反顾的死士气概
不相信
太阳落下时所有的鼓舞

杨光,出生于贵州思南,现居鄂西清江滨。著有《与天鹅书》等诗集。

杨启运

黑蝴蝶

烈日之下
有浓浓的树荫

它飞着
仿佛树荫的一部分
且不断制造着新的中心和涟漪

有清风吹来
增加着树荫的密度

我因深陷其中
而充满欢愉

我因深陷其中
而被它的翅膀轻松地托起

它飞着，突然
从这一片树荫飞向了那一片树荫

而那中间地带——
严酷的阳光

在我们身后
有着深渊般的沮丧

杨启运，安徽临泉人，《长淮诗典》副主编，主持《安徽诗人》的《皖军》栏目，作品散见于《十月》《诗歌月刊》《青春》《青年文学》等刊物，著有诗集《在途中》。

杨 雄

与子建书

自建安别后，音讯稀疏，你送我的纸笔、车马，早已报废。

当时煮茶、打铁，在山中长啸，在洛水听你唱起轻快的歌；

当时都着白衣，都喝酒，不嗑药——

这个习惯保留至今，每年一件的白衬衫，像椒江罕至的落雪，大白天里生出明月的皎洁。

当时你住侯府，我住木屋，喝井水，听蟋蟀彻夜长谈，而现在也类似：

窗外是暂时的农田，有洗菜湖塘、跨过季节的蛙鸣。

这些年认识的植物还是那么几种，还是会在中秋以后，等桂花落在头上。

而路过的州府不可计数，表格里的姓名、籍贯一改再改。

这些年已经白发渐生，早睡早起，已经皈依东海，肺腑之间，渐有岛屿气息。

杨雄，本名杨继晖，浙江台州人。2006—2011年主编诗学批评民刊《诗评人》（共14期），2016年起主编诗歌民刊《中国江海诗歌》。

杨章池

轻松之境

终于不用再提心吊胆了
终于从疼痛的捆绑中挣脱出来
你出人意料的好，笑容回到脸上
没有一点夸张
你这次，甚至胜过年轻人
两天就下地，七天之后陪老同学
去了一趟沩水大坝：
“多年前的绿，还那么耀眼”
七十年来，你积下的痛和苦
已经一人高，再堆这一层
不能抬升，也不能压低你
你不再被打败
你所担心的、害怕的
都已一一放下
除了我啊，我——
以你之名，五内俱焚的儿子日日夜夜
仍把自己搁在人民医院十楼手术室前的那个中午：
他捧着你的胆像捧着自己的兄弟

杨章池，湖北松滋人，中国作家协会会员，湖北省作家协会第七届委员会委员，湖北省“七个一百”文学人才，入选湖北省文联优秀中青年人才库，荆州市作家协会副主席。著有诗集《失去的界限》《小镇来信》。现居湖北荆州。

逸　君

北风那个吹

今年冬天，雪没有那么白
风卷起尘埃无限蔓延
空气晕染流云，无际的夜幕降临
繁星点点的舞台，大幕是遮羞的屏障
无人看到，狼烟四起
风雨穷途沙场，围观者只顾呜呼

扯碎经年的皮囊，重新裁剪
剧情，冬季干枯成瘦子
漏风的游魂病入膏肓
雪纷纷扬扬肆意飘洒
掩盖了羞愧，也埋葬了罪恶
残枝裹着寒冰低垂
无数沉重的头颅，无声呐喊
北风吹响了号角
伴着春的脚步
飒飒地朝我走来

逸君，原名廖怡君，安徽淮南人，《安徽诗人》编委，中诗在线安徽频道管理员。

荫丽娟

个人履历

我的名字不是我的
她在别处
默默替我活着,被别人偶然看到
记住或忘掉
我的年龄不是我的
仿佛一片风,迎面朝我跑来
又远远地把我甩在身后
我的成长不是我的
她暗合了
一朵雪
坠落与升腾的过程
其实这张纸上,所有的字迹都不是我的
她们只不过在一支笔的阴影里
蠕动了一下,旁白的嘴唇

荫丽娟,出生于山西太原,中国诗歌学会会员,山西省作家协会会员,曾出版诗集《那年那雪》《眉间书》。

尹远红

赐

赐我玫瑰,不如赐我君子的淡水
这样我才能
留住同一的盈缺,留住玉壶的冰清
留住流续的长远

赐我枫唇的热烈,不如赐我莲上的冷寂
晨钟暮鼓,木鱼清风
什么红尘,什么江湖
我们都走在靠近尘墓的归途

赐我尽头的满,不如赐我留白的白
赐我浮世的欢,不如赐我掌心的空
我本一无所有
不想空又再碎一次

赐我,赐我
其实,除了远方赐我
比远方更远的流水与风
谁也没有特别赐我什么

尹远红,笔名双鱼,出生于重庆,现居香港。诗文散见于《星星诗刊》《2013年中国诗歌排行榜》《北海晚报》《北部湾文学》《中国微体诗年鉴2013卷》《白天鹅诗刊》《华语诗歌双年展(2015—2016)》《长淮诗典年选》《泛粤东短诗经典》《长淮文学》《2017年中国微信诗歌年鉴》等报刊及选本。

幽　燕

人脉

这一脉上下五千年，脉象芜杂、浮、滑数
有暗道、关卡，骨连着筋，筋游走于肌理
腰痛间或眩晕，老中医摸起来莫衷一是

推杯换盏，酒肉穿肠过
小兽与虎共谋一张蜘蛛的网
明面的寒暄和暗处的算计
就看谁能见招拆招、左右逢源
打通任督二脉

多少肉身想凭此生出翅膀，
所谓的鸿鹄之志，扶摇直上三千尺
在人间这盘迷局中
一再地寻找出口，打磨钥匙
以至于锁孔们也在沉思
叮叮当当的一串开锁钥匙中
这把到底有多重要

幽燕，本名王伟，女，中国作家协会会员。诗作在《诗刊》《诗歌月刊》《星星诗刊》《诗选刊》《绿风》等报刊发表，入选多种诗歌选本，出版诗集《诗的毒》。现就职于河北电视台。

余成强

闲坐葛仙祠

脚步停了,正好在葛仙祠外
四月的景致正好
有一块石头,正好容许一颗闲心落座
许愿的人走了,祈祷的人走了
菩萨正襟危坐
人间有太多苦厄
他们没有时间,擦拭肩上的尘埃
需要指点的,还会再来
已经顿悟的,今生可能不会拜佛

我的心中,有一块空地
正好可邀一个菩萨,闲坐

余成强,湖北赤壁人,中国诗歌学会会员,陆水湖畔文学社、赤壁自在诗社成员。

余　晓

大雪引

一服中药
可能药到病除
抑或无济于事
而一罐药渣的命运
毫无悬念地被固定在马路上

一千多年的咒语
人人变成了巫师
盼着风来，把病带走

此刻，我只愿
有一场淋漓尽致的雪
用它的洁白无瑕
医治人世的痼疾

余晓，原名余军喜，江西鄱阳人，江西省青年作家改稿班学员，中国诗歌学会会员。作品散见于报纸杂志和各种选本，屡获全国征文奖项。

宇　轩

秋虫唧唧

今晚明月在害羞,它的前面肯定是幅水墨画。
认真一看,其实是一件赝品,但仍然可以悬挂。
会客,寂静。

虫突然在窗下鸣叫了几声,
像花洒,对着枯木发了几次善心。

宇轩,乡村医生,曾参加第十七届全国散文诗笔会,曾获首届屈原诗歌奖、第四届全国海洋文学大赛一等奖。著有诗集《不恨集》。

雨　兰

天色将晚

喜欢这样的时刻，天色将晚
鸟雀们扑棱着翅膀归巢
上班的人们走在回家的路上
灯光安宁
我守着满橱的新书旧籍
守着小米粥的馨香

哪个活着的人
身上不带着屈辱
哪种屈辱
不计入活着的成本
所谓的迎合自己、取悦自己
都不过是伪命题

一日三餐，是活着的形式
也是活着的仪式
天色将晚
我原谅了两只麻雀的吵闹
原谅了老田鼠的贪婪
原谅了一个人内心的执念
也原谅了自己的庸常

雨兰，原名王瑞东，山东省作家协会会员，作品散见于《诗刊》《儿童文学》《十月少年文学》《星星诗刊》等期刊，著有《乘着语言的翅膀》《大地的眼睛》等。曾获泉城文艺奖等奖项，作品入选百余种选本，曾参加第十四届全国散文诗笔会和山东省作家协会第五届、第九届高研班。

语 伞

新的手

天明云朵就笑，月亮不知所踪
捕梦者在路上读史，昨夜灯下
有人与传说擦肩而过
有人与神话失之交臂
地面影子晃动，身体同步

抬头看飞鸟，想象有天梯
树冠高悬，一些细节在枝叶间穿梭
故事的高潮也停在那里
所有的手，都没去摘它们
下一次，我们创造新的手

语伞，女，中国作家协会会员。作品散见于多种杂志和入选多种选本，多次获奖，出版有《假如庄子重返人间》《外滩手记》等。出生于四川，现居上海。

育　邦

扬州慢

流水修剪你古老的容颜
迷恋骸骨的人从琼花下走过
越过层层叠加的历史菌菇
我们翘首眺望
苍白的祖先们围坐在井栏旁

苔藓保持警觉
肾蕨从水镜中提取尘烟
带翼山民负琴而出
广陵散，血染的云朵
迷离于巷间之间
抱薪者点燃微暗之光——
一次性的火苗
只为他自己

在水的黑夜中
我们凿穿火焰
在小夜灯的指引下
我们沿鲜花木梯向天空攀爬
偶尔回过头，俯视河岸

育邦，曾著有小说集《再见，甲壳虫》《少年游》，以及文学随笔集《潜行者》《附庸风雅》《从乔伊斯到马尔克斯》，有诗入选《大学语文》及多种诗歌选本，著有诗集《体内的战争》《忆故人》。现居江苏南京。

袁雪蕾

鸡翅木枕

你身上潮水的丝绸
是否盖过山脉的走势
木质，重要的是
骨头的担当和炭火的归途
承重与取暖并存

而你说硬骨需要硬物托举
相比细软锦绣
你更关心我突出的颈椎
做我酣眠的枕头
已钝之梦，包浆晶莹

我会夜夜去几百年前的树心
参悟花纹的奥义
清晨又在羽毛指引处
崭新地醒来

我将枕尽你的斑斓
而你也会悉知
凝重的头颅和轻盈的脚步
达成共识之间
睫毛上的星球，滚落了
几颗

袁雪蕾，中国作家协会会员，上海作家协会会员。著有4本个人诗集和2本诗歌合集，曾参加第十五届全国散文诗笔会、中国作家协会全国青年作家专题培训班，诗歌发表于《诗刊》等40多种期刊，获上海作家协会年度优秀作品奖等奖项。

云冉冉

正午时分，下雪了

正午时分，下雪了，如同一个成年人，平静从容。
雪是过家家时的小情人，老相识的脚步，
老相识的气息，她的造访是离别也是重逢。
一朵拥抱另一朵，一朵牵手另一朵，
烦躁的昨夜，喧嚣的鸡鸣，迎来一场雪的镇压。
雪中那个清秀孤独的男孩，
那个被误认为女孩的男孩，
那个站在矮墙前哈着手眺望的男孩，
还在痴迷蓝色的咒语和史蒂芬斯的蓝吉他，
至今不肯放手。

过往的成与败都是废墟，一场白色葬礼，
安于心也安于行。
他从孩提的记忆中来，试图从正午下到黄昏，
从乞力马扎罗下到珠穆朗玛峰，
从纯白的纸下到那条死河，
划船的人请一路顺安，黑夜还很远。
雪不按轨迹地落，落向水天相接处，
落向一个人的背影。
这是一场正午的雪，接近一个人的中年，
听雪人面色平静，内心微微暖。

云冉冉，作品发表于《诗刊》《星星诗刊》《诗歌月刊》等，出版诗集《一朵云的走私》。

云　时

风车

这是分针和秒针，在蓝色钟盘上旋转
没有刻度，没有滴答的时间
它们在计算，令风慢慢衰老的岁月
这里不曾有永远年轻的生命，不曾有
泥土在干枯
草的器官在萎缩，石头被磨成浆液
在炫目的白色背后，我看到了孤独
在履带里轮转，和夜一样失去了嘴巴
一切都还在像树藤一样慢慢纠缠
世界还有残存的动力
在这灰色的凹陷之地，白昼已掉了进去
在其中繁衍白昼，而地面上的苍白
被风驱赶着，原地转圈

云时，内蒙古作家协会会员，著有诗集《穿越故乡的云朵》《诗意的齿轮》。

蜀岗纪事
——致育邦

我们的脚步迈得越来越像中年了，
规矩、方正，如同棺材板上楔下的铁钉。
上午，我们闯进了苇莺和山雀的领地，
听到茶园里刻板的犬吠声。

愤怒的荆棘揪住衣襟，野蔷薇却轻拍手臂，
哦，老熟人：一道光从林隙照进来。

寻老僧不遇，据说也钻进垄沟勘察庙产去了。
开花的紫叶李，不能理解世事。
它的细胞里，奔跑着二十一个世纪。

那人世间的笑柄，正从树林中钻出来，
拐上一条坦荡荡的乡村大路，保佑我们。
琼花和积雨云，弥陀和观世音
普放光明，在我们头顶。

臧北，苏北人，现居江苏昆山。写作诗歌、小说，偶有作品发表。

藏　马

锻造坊

工人们收拾着工具
把这些凌乱的扳手、螺丝和螺帽
逐一安放在木箱里。有一片碎铁扎进了拇指
血丝随着沟槽，流进了地里

先是卸下那面罩壳，然后是电机座——
齿轮张嘴，缺了一颗牙齿
爬上这台机床的脖子，用凿和三角抓
退下了它旋转时的沉重

早年，我父亲在做木匠时
用线钻往深处拉动。而我父亲的父亲，却是
在一块不大的田地里，用犁摆动着
一遍遍地——他们也像我一样，半撅着屁股

有一次，在拉钻时，木头跳了起来
击中了我父亲的前额。而那面铁犁，却闪亮地
切开了我父亲的父亲脚趾中间的那个部位
血随着沟槽，流进了地里

下午，蹲在机器旁，对付着众多的零件和油污
那个班长请假了。就像我父亲
和我父亲的父亲（一个躺在了地下，而另一个
坐在了轮椅上），如果我不做，谁来替代呢？

藏马，又名臧马，原名叶瑜，出生于浙江台州。1999年开始创作，“野外诗社”成员，“突围诗社”成员，上海“海上人文”与“海上诗歌”沙龙发起人之一。作品发表于《诗探索》《诗歌月刊》《诗江南》等刊物，入选多种选集，获过奖，著有独立诗集《别站在风口》《梦遗录》《母性的词》《四重奏》。

扎西才让

活着是件寂寞的事

阳台上花盆里的花,开了又败了
它们体内的力量越来越弱
我们体内的力量,也似乎被什么给抽走了

不过,我们还在努力活着
出门打伞上路坐车,在河里洗澡
在佛堂里,把长明灯点燃

更多的时候,我们头顶的骄阳汇入人流
让中年的心境平静下来
或者登高望远,看瓦蓝天空下高洁的雪山

雪山,在远处,在高处,在冷处
长久地沉默着。或许雪山也能知道
在人世上活着,是件多么寂寞的事

扎西才让,出生于甘肃甘南,现居甘南。

曾 烟

在下雨

只有我一个人在倾听
雨落在昨日的苔藓上
和今日有何不同——
像细微的爱拨开了一只布谷鸟的叫声
它叫了很久
从清晨打开的第一扇窗子开始
在轻柔的黑树枝上
掩藏它并不美丽的羽毛
可是,雨和苔藓给了我们
想象的空间
在这个下雨的傍晚分辨出
春天来临的脚步

曾烟,原名张秉珍,内蒙古通辽人,内蒙古作家协会会员,作品散见于《诗刊》《星星诗刊》《作品》《草原》《飞天》《中国诗歌》等刊物。

张建新

中年的雪

在匆忙中弓身，
松果落到脊背上

雪霁，年幼的松鼠
在树枝间练习弹跳，
像一道闪亮的光线
但并不刺眼

树上堆积的雪
大都已经落下，还有少部分
在枝丫间暗藏
让对峙弯曲柔软下来

这片刻，我可以放下
手中活计，不急着下山
耐心地等山下的孩子
把雪人堆好

张建新，男，安徽望江人。著有诗集《生于虚构》《雨的安慰》，作品散见于各种刊物及诗歌选本，曾获张坚诗歌奖、御鼎诗歌奖、《安徽文学》期刊年度文学奖诗歌类一等奖等。

张萌

薜荔

应该不是第一次
见到它
却是第一次
知道它的名字
在春天的山坡上
肆意攀爬
从身体里长出
钉子
钉在石壁、青苔的尖叫里
钉在荒芜的碑文里、墙头的苍茫里
钉在瓦片的一次走神里
钉在蜜蜂的嗡嗡声里
钉在沿途空寂的鸟声里
我伸手想探探它
钉入这个春天的深度
你说,轻点
它会痛的

张萌,笔名南鎹,上海市作家协会会员。著有诗集《在一支芦苇上行走》《时光的旧棉袄》和《在闪电下面》(与漫尘合著),作品散见于《诗刊》《星星诗刊》《绿风》《扬子江诗刊》《诗歌月刊》《诗选刊》《北京文学》等报刊,曾入围2012年"诗探索"华文青年诗人奖和获全国鲁藜诗歌优秀诗集奖等奖项。

张　旗

缩小

我原以为，离开海岛，
便会拥有一个辽阔的世界；
我原以为，找到一份工作，
便不会令人担忧。后来，
我想，应该有一个自己的家，
于是就结了婚，生了孩子。
我以为有一间自己的房子，
就会写出更多的东西。是的，
我时常一个人躲在里面，
那里有一面墙的书，
但我只会对其中的一本着迷。
现在，我只想变成一只蚂蚁，
爬动在亡者的思想里。
如果你打开门，恰巧见不到我，
不必惊慌，那空荡荡的房间里，
必定有我的呼吸。

张旗，出生于福建莆田南日岛，曾在《西部》《北方文学》《春风》《福建文学》等刊物发表短篇小说，诗作散见于《诗歌月刊》《黄河诗报》《长线》等刊物，2017年获得云里风·森昌文学奖一等奖。现居福建莆田。

张映姝

沙参

我们沿山路蜿蜒
山路随盛开的大蓟延伸
风轻柔地吹，如婴孩的鼻息
此刻，辽阔是世界的表象
就如隐隐的雷声，隐匿于厚厚的云层
就如远方的山巅，雪崩就要爆发致命的一刻
我们不会被辜负——
浅紫的风铃，摇醒了山坡、松柏
摇醒了小憩的喀拉峻
我们的短暂平静，再次被摇醒
草原上，万物都不会亏欠我们
如同光一样公正、仁慈

张映姝，文学硕士，编审。2010年开始诗歌创作，已在《诗刊》《诗江南》《扬子江诗刊》《诗建设》《中西诗歌》《中国诗歌》《星星诗刊》《中华文学选刊》等刊物发表诗歌多首，并入选《中国大诗歌2011年卷》《2013中国年度诗歌》《2016中国年度好诗300首》《中国年度优秀诗歌2016年卷》《2017中国年度诗歌精选》等多种选本。2015年出版诗集《沙漏》。现供职于《西部》杂志社。

赵　旗

大吾川的秋天

秋风将簌簌的芦花摇撼
或露或藏的鸟鸣将月色擦亮
我看见浑穆恬澹的白杨
陪伴素衣的残荷在苍寒野逸中隐语

澄明的河水上弥漫着烟岚
体内放逐畏寒的灯盏
成为半悬的星斗,成为狼尾草
纯净的露珠,成为没有脊骨的小兽

木屋里聚集用诗句取暖的旅人
向着简短的墨痕,对峙后膨胀的蛙鸣
心地空旷之处安放鸟雀柔软的双翅
至于凋零的格桑花,就让它继续在大吾川流浪吧

河流成为我的女儿
白教堂传来神圣的祈祷声
有膜拜的松烟围绕秋天的大祭台
低声呢喃的晚霞将苦涩的日子泡淡

赵旗,河北石家庄人,中国诗歌学会会员,河北省作家协会会员。作品散见于《诗选刊》《绿风》《诗潮》等文学期刊,有作品入选《诗选刊》《河北青年诗典》,著有诗集《花开的声音》。

知　秋

深夜，写一首大海的诗

梦入梦出，如何陈述大海潮湿的咸腥
陈述家与海的距离
哪怕通过一条小溪的流向
寡淡乏味，翻来覆去
潮水的秉性，难免回归不了人生
随波逐流，怀疑诗意的光芒逐渐强烈

前面的孤岛，归属风暴聚集地
一切潮起潮落之间的从容
在时间的波峰浪谷之间锋利地张网
又缓慢地退去

我现在爱上海的浩瀚
波涛深处闪烁的一座孤独的灯塔
虚空中继续困扰
那一段波澜不惊的日子

海鸥尖锐的叫声，涌向海浪
醒来后，忘记黑暗里，一条破木船
是如何仅靠一点信念
在暴风雨和孤寂拍击海岸的时候
获得存在

知秋，浙江省象山县人，工艺美术师，浙江省民间竹刻非物质文化遗产传承人，象山简舍知秋竹刻馆馆长，竹乡非物质文化遗产馆馆长，写有部分诗学随笔，竹雕艺术和诗歌多次获奖。

周孟杰

大雪倾城

大雪倾国，小雪倾城
雪一层层地把灯光压低
把人群呈现在旷野，把他们一一变成雪人
看吧，小小雪人
配得上尘世的爱与洁白
干净的雪踩着人迹前行
村落暮色未临，墓园大雪已满
那个呼天抢地的人
被孤零零地扔在山野上，她随时都在
飘成一片雪

巨大的雪带着白色封条
最初封住一个人的哭
最后封住一群人的泪
抱着墓碑死也不离去的人
大雪始终无能为力

周孟杰，中国作家协会会员，全国公安文联诗词分会理事，中国诗歌学会会员，鲁迅文学院第二十三届高研班学员，全国公安文联签约作家，中诗网首批签约作家。在《诗刊》《星星诗刊》《诗歌月刊》《诗选刊》《文艺报》等刊物发表诗歌，出版诗集5部，诗歌入选《中国当代诗歌精选》《2014年中国新诗排行榜》等多种选本，曾获多个奖项。

周　薇

缠绵的人在林中拾柴

就这样在疾病中奇异地获得新生
伤疤长出伤疤，小肉芽粉红着整个雨季
羽翼划过风、黑夜、密林、雨珠
绿色的衣服紧贴于曲线，像精灵的手游走、缠绵、交织

突然这种声音充斥整个空间，浪费这种缠绵
在空置的密林中捡拾取暖的柴火
或者，温度比距离更为重要
那个少女开始沉默，她拿起口红静静涂画
画纸开始摇滚，甩着身子，扭动着
一地破碎的镜片，反射着白光
小狐狸踩着白光，轻盈地舞蹈
它每一个跳跃，都以不可逆转的姿势
远离，语言一经说出就消失，像爱

红色的火焰在天边，引起云层的追逐
迷路的孩子手提湿漉漉的裙裾，眉目低垂
她没有看到小红蘑菇悄悄倾斜，这种深情无法言说
只是把雨水挡在你身躯之外，陪你站成风景之外的
另一种存在，更加安静隐秘
柴火都被打湿了，雨季霉湿的味道深入每一根木质
以荆棘的速度生长，刺入缠绵的心脏
林中的柴火开始燃烧，妖娆的暗绿火焰撕扯雨幕
你的声音，时隐时现，让我心伤

周薇，居四川绵阳，喜欢安静写作，作品散见于《诗歌与人》《星星诗刊》《诗歌月刊》《上海文学》《火锅子》(日本)、《暖·情诗——情趣小诗选》(中国台湾)等各种选本。

朱建业

如果您也如此苍老

七十多岁的大姨在老家摔倒住院
我和表妹视频,慰问病床上的大姨
大姨比我母亲大几岁,她们曾经模样相似
母亲在我八岁时病逝
留在我脑海里永远是年轻的样子
此时的大姨却如此苍老,白发如雪
一生的忧患和疾苦都写在脸上

还有什么比青春掺进暮年的容颜
更令人心酸呢
真切的痛却涌上我的心头
母亲,如果您还在
您也该是如此苍老
您也该是有我亲吻您的白发——
像大姨躺在表妹的怀里一样

朱建业,法律硕士,广东省作家协会会员,中国诗歌学会会员,曾在《诗潮》《诗选刊》《诗歌月报》《中国诗人》《安徽文学》《参花》《火花》《湖南诗歌》等报刊发表诗歌、散文、小小说、诗评达30多万字,并多次获奖,著有诗集《月韵》《风灯》。湖南双峰人,现居深圳。

朱庆和

慢

昨天下午
先是碰到老李开着车
从总统府边上的巷子拐出来
“这是要去哪儿，
慢一点啊！”
接着又看到了
刚去高家酒馆上班的老刘
在兰园七楼
老韩正在跟文字做斗争
经过和平公园
老方打坐等着退休
沿着城墙走
恰逢老顾在玄武湖边散步
屁股后面插着报纸
像他脱毛的翅膀
平时太忙了
没机会与你们相见
这次一路走来
跟你们打声招呼
并请传授我经验
“一定要慢啊！”
要目光柔和的慢
要步履从容的慢
像孕妇一样从容
像天空一样充盈

朱庆和，男，山东临沂人，现居江苏南京，毕业于东南大学马克思主义哲学专业，业余写诗与小说。

朱夏楠

广场旗杆上的一只鸟

广场的旗杆上停留着一只鸟
旗杆高过所有建筑，孤绝独立
底下，一片广玉兰无花
盛夏已过
硬质的暗绿是沉默的藻泥
间隙风声微弱

这是周五的黄昏
办事的大门陆续紧闭
鱼贯而出的甲乙丙丁滞留于路口
双眼紧盯，红绿灯有规律地跳跃着
一条鱼还在水里却已不新鲜

广场的旗杆上停留着一只鸟
它偶尔展露歌喉
人们闻声抬头
可是
上面早已空空如也

朱夏楠，毕业于中国社科院研究生院，现任文学刊物编辑。

邹赴晓

朋友叶一的忧伤：配角

一束夏日夕阳的光线
打在医院走廊尽头
突然安静下来的地板上
像此刻唯一的主角
单纯又似乎意味深长
被吸引的人按下了快门
而在重新翻看这幅画面的时候
被忽略掉的光线之外
椅子上双手抱头的中年男子
他的脸上，挂着伤感的泪珠

邹赴晓，现居陕西西安，，已出诗集多部。

邹晓慧

桃花

也许她知道
自己就是苦难的桃树
久不结果
但始终未终止结果的思想

一点点泪光点燃后
就成了一朵朵桃花
贞洁是民间唯一的门
门垛上晾着的愿望很美
凸出来的三月很美

遮住的贫穷很美
跟着风俗走
你就会走进美丽的门
走进生命

春天是一把剪刀
插进事物的内部
血色的声音撞击着
心灵发出易碎的声响
把意念伸进夜色

听桃花的呻吟
世俗就是难产的母亲
坐在痛苦的村庄
生下诗人
把如花的伤口
留给过往的岁月

邹晓慧，男，中国作家协会会员，出版诗集《纯粹》《回归》等多部，曾在《人民文学》《花城》《钟山》《北京文学》等文学期刊上发表诗歌，作品曾入选多种中外选本。现居江苏常州。